Irene Pietsch

Schosch 3

Mandamos Verlag

2019 Irene Pietsch

Umschlag und Illustration: Irene Pietsch

Verlag:

Mandamos Verlag UG
(haftungsbeschränkt)
Alte Rabenstr.6
20148 Hamburg

Herstellung und Auslieferung:

tredition GmbH
Halenreie 42
 22359 Hamburg

Paperback   978-3-946267-60-7
Hardcover   978-3-946267-61-4
e-Book   978-3-946267-62-1

Herr Grotschy aus Wien war beinahe überall: in Lemberg (Lwow oder Lwiw), Prag (Praha), Samarkand und auch in Norddeutschland bis rauf nach Sylt.

Herr Smaragd war nicht nur beinahe überall. Wenn nicht selber, so hat doch irgendeiner aus seiner weitläufigen Verwandtschaft die Winkel der Erde besucht. Er selber hat sich in erster Linie aus Büchern ein Bild von Norddeutschland gemacht, als er in Südamerika lebte, möchte sich nun aber persönlich einen Überblick verschaffen.

Kennen Sie die alten Handelswege Asiens, Afrikas und Europas zu Wasser und zu Lande, die über Norddeutschland in den höheren Norden, westlicheren Westen und östlicheren Osten wie auch südlicheren Süden führten? Wenn nicht, sollten Sie es unbedingt nachholen. Am besten gleich am nächsten verlängerten Wochenende. Weniger wäre eine Schande.

Hamburg und Bremen sind bekannt, Wedel arbeitet noch daran, Lübeck ist der unverzichtbare Joker im globalen Spiel des Handels und Wandels,

Ratzeburg, Mölln und Lüneburg sind genauso be- wie verkannt.

Lüneburg in Niedersachsen mit der Landeshauptstadt Hannover?

Lüneburg ist einzigartig, nicht nur wegen der Heide ringsherum, in der es dunkelt und die Erntehelfer nach Hause gehen, nachdem sie das Korn mit dem blanken Schwert geschnitten haben, wie deutsches Volksliedgut lehrt, ohne zu sagen, wo in der Heide Korn wächst und darauf Bezug zu nehmen, dass ringsherum viel Landwirtschaft betrieben wird.

Schon bald nach Kriegsende standen die Niedersächsischen Schwarzbunten wieder auf Weiden, was Bremen zugute kam, und auch auf Schleswig - Holsteins sattem Gras wurde genüsslich wiedergekäut, wovon die Metropolregion und vom Ersten und Zweiten Weltkrieg arg gezauste und gebeutelte Hansestadt Hamburg profitierte. Mecklenburg versorgte sich, das Hinterland Sachsen und Berlin Ost so gut es ging, was uns Wessis nicht besonders interessierte. Wir hatten damit nach dem Bruch zwischen den Ost- und Westsozialisten so viel miteinander zu tun, wie der Pampashase mit dem Elefanten. Sie haben dieselbe Abstammung, konnten sich aber nicht in die Augen schauen. Das Wasser zwischen beiden war viel zu tief, obwohl mit falschen Nönnchen gründlich aufgeräumt worden war, immer wieder und doch wohl immer wieder zu wenig.

Der Milchindustrie Verband Westdeutschlands wurde über Jahrzehnte von Bonn aus geleitet. Er hatte die Anschrift Am Tulpenfeld und beeinflusste sogar das Weltwirtschaftsforum in Davos. Nicht Kernkraft war damals bei uns das Thema, sondern Milch und Milchprodukte für den heimischen und Exportmarkt. Es gab eine Einfuhr- und Vorratsstelle für Butter, damit Fettliebhaber wie Künstlermeister Beuys auch in kritischen Zeiten versorgt werden könnten. Die Schatten der Weltkriege waren lang und hatten Konsequenzen gezeitigt, die den folgenden Generationen – nun bereits zwei und drei, wenn nicht gar vier – kaum gegenwärtig sind oder als Gedächtnisstütze vermittelt werden, was nützlich wäre. Werte bestehen keineswegs nur aus Chips, Fonds und Zinsen auf Zahlen, die mehr oder weniger schnell kündbar sind.

In England, dem siegreichen Alliierten mit der Rheinarmee in Nordrhein-Westfalen und aus Tradition auch in Niedersachsen, wurde noch lange Margarine – Kunstbutter genannt – gegessen. Bei uns im Westen hielt Kokosfett und Leibnizkeks für „Kalten Hund" her, auch „Kalte Hundeschnauze" genannt, um anzuzeigen, dass die Kombination von Kokosfett, Kakao, Zucker und Leibnizkeks kerngesund ist. „Kalter Hund" und „Kalte Hundeschnauze" waren zuvor besonders scharfe Vollstrecker des Regimes genannt worden, was vom Universalgelehrten Leipniz nicht gesagt werden kann. Sein Kopf musste dennoch für den Keks aus Hannover herhalten. Statt Allongeperücke bekam er eine Zierkante.

In Bremen, das an die amerikanische Besatzungsmacht ging, regnete es

Carepakete mit Kraftfutter wie Cheddar und gesüßten Milchbrocken, weswegen sich die entsprechenden Konzerne später dort ansiedelten und ein goldenes Nachkriegszeitalter einläuteten. Sie verließen Bremen wieder, als das niedersächsische Umland einen wirtschaftspolitischen Klimawechsel erlebte. So hieß es. Dabei wurde alles getan, die Unternehmen zu halten. Am veränderten Fressverhalten von Haustieren und ihren Bedürfnissen nach Accessoires und entfallender Notwendigkeit von Milbenpulver für Wellensittiche aus Plastik kann es aber auch nicht gelegen haben.

Ein Großteil der Veränderungen wurde im Zuge der deutsch - deutschen Wiedervereinigung notwendig und brachte einen regen Austausch an Verwandtschaft mit sich. Lüneburg hin und her. Wahrscheinlich bis nach England. Hamburg meistens hin. Bremen ebenso hin, aber auch einiges her. Der Drang in die alte Heimat von West nach Ost war zum Teil nur des Guckens wegen. Man war wer. Das musste ausgekostet werden. Alle hatten eine oder mehrere Geschichten, doch längst nicht mehr alles beruhte auf Geschichte, obwohl sie oft und laut berufen wurde. Der diesbezügliche Atem war manchmal länger, als es behördlich geplant war. Auch von Lüneburg, das nicht aufmuckte und Hamburg von einigen Flüchtlingen des Hin und Hers entlastete. Das war zwar nicht erstes und wichtigstes Anliegen der Planer in allen städtischen und denen übergeordneten Hannoverschen Dienststellen, aber ein schönes Beiwerk, nachdem lebenswichtige Einkommensquellen versiegt waren und die Vorschriften der Europäischen Union ihr Übriges taten, der Landwirtschaft die Arbeit zu erschweren. Selbst ein Schäfer konnte nicht mehr beliebig viele Schafe hüten, sondern war an Quoten gebunden, ohne dass seine Schafe gleich vor Ort in der Wolle eingefärbt werden muss- ten. Seine Qualifikation wurde geprüft und sein Standort festgelegt, während die Mecklenburger in Mecklenburg – nicht nur die und nicht nur dort - sich nach Jahrzehnten der Kollektivwirt- schaft, die Freiheit nahmen, individu- ell zu hüten, was, wann und wieviel sie wollten. Das schaffte hier und da Miss- trauen und war nicht unbedingt der Aufklärung von geschichtlichen Ab- läufen dienlich, half jedoch zumindest ihnen über die gröbste Unbill der Wende hinweg.

Der Lüneburger als Niedersachse und damit eigentlicher Mecklenburger wurde wieder ganz er selbst, als er das merkte. Das mit der Ungerechtigkeit zwischen den Quoten und deren Einhaltung. Er hatte einst unter Heinrich dem Löwen, dem jüngeren Bruder von Richard Löwenherz, versucht, das nahe gelegene Bardowick einzunehmen, wo sich der ursprüngliche Salzumschlagplatz befand und alle lebenswichtigen Handelswaren, wie auch Münzen und Medaillen aus Edelmetallen, reiche Duftstoffe und Textilien die Eigentümer wechselten, die von weit her kamen.

Im Heimatmuseum von Lübeck - Travemünde ist eine besondere Rarität zu besichtigen, die ein Beweis dafür ist: Seidengeld aus Bielefeld, bereits seit dem frühen Mittelalter eines der Textilzentren Deutschlands.

Auch ist die Wahrscheinlichkeit groß, dass Rohsalz oder Salzsteine aus dem Morgenland gekauft wurden. Bei einem auf sogenanntem Küchenlatein – eine sprachliche Verwandtschaft wie das Nieder- mit dem Hochdeutschen - oder Mittelneugriechisch geführten Klönschnack sind wohl Kenntnisse darüber gewonnen worden. Die trotz mangelnder Belege darauf fußende These, dass sich die Bardowicker danach ans Werk machten, in ihrer Umgebung nach Salzstöcken zu suchen und Salz (Sülze genannt) zu fördern, ist sogar noch größer.

Eine durch keinerlei Spur belegte Kurzgeschichte von der sich wälzenden Wildsau, die daraufhin eine Salzkruste auf den Borsten heimtrug, so dass die Lüneburger nach einem Geschmackstest daran gingen, in der Sausuhle zu graben und Salz zu fördern, ist aber am publikumswirksamsten. Gerade deshalb muss sie mit ein

paar rhetorischen Fragezeichen versehen werden, ohne gleich den ganzen
Rottenbestand in Niedersachsens Fel-
dern und Wäldern in Frage stellen zu
wollen. Ein geschichtlicher Ablauf
sollte eben nicht auf den Borsten einer
fragwürdigen Bache ruhen.

Sagen Sie mal ehrlich, sind die Lüne-
burger ein Volk von Jägern und
Sammlern, das kollektiv durch die
Wälder auf den Sümpfen und das
Schilf, den Wasserfenchel und die
Schwertlilien in eigenen Auen zog, be-
vor es dazu überging, sich bei Gepökel-
tem und Met, einem vergorenen

Honiggetränk, am heimischen Herd zu wärmen und Handel durch Wandel zu betreiben?

Hier und da mag es Hochstände gegeben haben und noch geben, aber hauptsächlich wegen Feldhasen und Rotwild. Beides ist offenbar derart wenig auffällig im Bewusstsein der Lüneburger verankert, dass es kein Museum für diesbezügliche Trophäen gibt. Weder ist der Kopf der historischen Wildsau erhalten, noch wird sie im Nachherein als rekonstruiertes Portrait auf Andenken wie Kaffeebechern oder kompletten Essservicen angeboten.

Stattdessen hat jemand ein Vogeldach über Meisenringen konstruiert. Der Erfinder dieser herzigen Futterstation muss vom Lande kommen, wo einfache Unterstände gegen Blitz und Donnerschlag die legendären Eichen abgelöst haben, denen es nach wie vor zu weichen gilt.

Märkte - überdachte und Freiluft - fanden seit Alters her um den religiösen Mittelpunkt, also einen Dom, ein Münster, eine Kathedrale oder Kirche statt. In Hamburg war das, wo heute die meisten Gebäude des Ensembles stehen, die das Hamburger UNESCO Weltkulturerbe ausmachen. Es gab dort einen katholischen Mariendom und ringsherum viele kleine Handwerkerbetriebe und Händler, meist Juden aus dem Osten.

Das Geschäft florierte. Das Begehren nach einem größeren Markt wuchs. Zuerst wurden die jüdischen

Handwerker und -händler vertrieben und durch einheimische – wahrscheinlich unter der Protektion der Gilden – ersetzt, dann wurde die nächste Vergrößerung des Marktes angepeilt. Im Wege stand der Dom.

Es geschah etwas, was aus christlicher Sicht kaum denkbar scheint: der Dom wurde abgerissen. Wohin die Schätze, die er mit Sicherheit noch barg, verbracht wurden – ein Rätsel.

Das begab sich ungefähr zu der Zeit, als Lutheraner und Papisten sich für die nächsten Jahrhunderte spinnefeind gegenüberstanden und die Lutheraner

in Hamburg soviel Oberwasser beka-
men, dass sie zur Tat schritten und
sich ohne Rücksicht auf das von Luther und seinen eifernden Anhängern
verpönte, durch sinnlich üppige Aus-
schmückungen sichtbar gewordene
gute Leben einer machtbewussten
Geistlichkeit, in Kirchen und Klöstern
einrichteten. In Hamburg war es unter
anderem St. Michaelis. Bis zur Fertig-
stellung der Elbphilharmonie mit inte-
grierter Plaza war ihr Kupferhelm mit
Aussichtsplattform darunter das kon-
kurrenzlose Wahrzeichen Hamburgs.

Ob Kunstgegenstände aus dem rigoros abgetragenen Mariendom nach St. Michaelis verbracht worden sind, auf alle Hauptkirchen verteilt oder gar an den neuen Mariendom in St. Georg gegeben wurden, zu dem eine Klosterschule gehört, um ihnen einen alt-neuen Sinn zu geben, wäre vorstellbar.

Wo ist die Orgel verblieben?

Lüneburgs St. Johannis hat ein Prachtexemplar an Orgel, das jedoch nach und nach nicht weniger Pfeifen verlustig ging, was wohl St. Katharinen in Hamburg in noch größerem Umfang widerfuhr.

Wer konnte so einen dringenden Bedarf an Orgelpfeifen haben?

Machte der Klang oder das Material habgierig?

Es wurden bis vor Kurzem erhebliche Längen an Bahnstrecken stillgelegt, um das Eisen von Schienen neu schmieden zu können. Diesbezügliche Kleinanzeigen mit genaueren Daten waren der örtlichen Tagespresse und dem Internet mit lokaler Suchmaschine zu entnehmen. Die Orgelpfeifen könnten ähnlich unkonventionell gehandelt worden sein.

In St. Katharinen sind sie aufwändig ersetzt worden, in Lüneburgs St. Johannis hat man nach einer Expertise darauf verzichtet. Das barocke Engelsdekor zum Ruhm des Herrn ist belassen und eine komplett neue Orgel installiert worden, die nunmehr – gleich praktisch als Kubus gebaut - summa summarum bewacht wird.

Im Bad Doberaner Münster, ein Muss für jeden, der von sich sagen will, er habe die Straße der Deutschen Backsteingotik nach Höhepunkten abgeklappert, wird als Beispiel für ehemalige Schätze ein sich recht alt und

bescheiden ausnehmendes Triumphkreuz gezeigt. Es hing zwischen dem
Seiten- und dem Hauptschiff und
hatte keine Christusgestalt mehr, als
ich das Münster zwischen 2010 und
2012 in beinahe ungläubigem Stau-
nen ob so viel orientalischer Prachtent-
faltung an Architektur und Farbigkeit - auch eines großen, leuchtend
grüngrundigen Triumphkreuzes gegenüber vom Hochaltar - immer wieder
besuchte.

Was war Ersatzteil, was Original aus
Urzeiten?

Zum Münster selber führt ein erst vor einigen Jahren von gröbstem Unrat gesäuberter Geheimgang. Er nimmt sich wie ein zum Münster gehöriger Betriebsraum aus und ist mit Ziegeln gemauert, die eine Art Geheimschrift darstellen, deren Entzifferung mehr über Herkunft der Ziegel und Maurer verraten würde.

„Mir fällt dazu ein, dass es in Mölln...“

„Mölln?“, fragt Herr Smaragd, als ob er es aus der Tiefe des Alls holt.

„Bitt'schön, was ist schon wieder mit Mölln?“, raunzt Herr Grotschy eine Oktave tiefer als sonst. „Wir hatten's

beschlossen, die Vogtei Mölln mit Zollrecht..."

Herr Grotschy hält inne und schüttelt den Kopf.

„Wissen's, das hat die Leut' überheblich gemacht, das mit dem Zollrecht. Wir haben nach wenigen Jahren des Ver-
suchs, uns dort zu etablieren, beschlos-
sen, den Landstrich wegzutauschen. Er war uns zu entfernt."

„Dann will ich nichts gesagt haben."

Herr Smaragd sieht das etwas anders,

„Hat es etwas mit Ziegeln zu tun?"

„Na ja", sage ich. „Die Gegend war ge-
steckt voll mit Ziegeleien. Manchmal
Familienbetriebe in Hinterhöfen. Es
waren zum Teil Tagelöhner der großen
Güter ringsherum."

„Können's erst noch mal bei den Kreuzen bleiben?" Herr Grotschy ist beim
Thema Mölln und Lauenburg immer
noch auf Abstand, während Herr Smaragd nichts dagegen hätte, sofort in die
Recherchen über Mölln und Ziegel ein-
zusteigen. Es bleibt aber mit Rücksicht
auf österreichische Befindlichkeiten bei
später.

Bad Doberan – Münster

Der Geheimnis umwitterte Eingangsbereich.
Er führt hinunter in die Tiefen des Ganges
zum Münster.

In der Lübeck-Travemünder St. Lorenz Kirche – in nächster Nähe zur Jahrmarktstraße gelegen - gibt es nach Prospektinformation ein Triumphkreuz ähnlicher Machart wie im Münster von Bad Doberan, aber mit einer darauf genagelten Christusgestalt. Der Prospekt in nicht ganz neu, wie auch der MontBlanc Reiseführer aus dem Jahre 2018 (Drucklegung wahrscheinlich 2017), in dem die Christusgestalt auf dem Triumphkreuz in St. Lorenz als gotisch beschrieben wird, also wesentlich späteren Datums als die erste St. Lorenzkirche mit ihren vielen

Nebengebäuden - bis hin zu einer Vogtei, dem verlängerten Arm der Obrigkeit. Die war das Kloster und sein Prior oder auch seine Priorin, gerne auch „Priörin" genannt, wie es im norddeutschen Raum üblich ist, wo man nicht nur mag, sondern mäg und ein Sog zu einem Sög wird. Es kommt auf die Strömung an.

Die Strömung in Travemünde: raus auf die See! Vom Skandinavienkai bis zur Beringstraße.

Wo ist das Kreuz in St. Lorenz mitsamt gotischer Christusgestalt geblieben? Erst aus den Annalen gestrichen,

dann verhaftet und einer Zwangsun-
terbringung zugewiesen?

In etlichen durch Alters- oder Bomben-
schäden stark beschädigten und sorg-
sam wieder hergestellten Sakralbauten
Lübecks und Umgebung hängen immer noch Triumphkreuze oder werden
als Inventar angegeben, obwohl anzunehmen ist, dass sie – neben dem Gold
und den Heiligenbildern von Hochaltä-
ren, Edelstein besetzten Abendmahl-
kelchen und -bechern, sowie silber-und
goldgetriebenen Behältern für Oblaten
(ungesäuertes Brot) – mit das Erste
war, was vom marodierenden Mob des

Dreißigjährigen Krieges und aller folgenden Völkerschlachten entfernt worden ist, um daraus für ein Biwakfeuer
Kleinholz zu machen.

Seit wann, weswegen und woher gibt es
die Triumphkreuzschwemme?

Heinrich der Löwe hatte sich nach unserer heutigen Rechtslage eines illegalen Übergriffs schuldig gemacht, als er die Marktrechte Bardowicks an sich riss und den Handel zu seinem Vorteil nach Lüneburg umdirigierte.

Sinnigerweise wurde in Lüneburg keine Rolandstatue errichtet, das Symbol für Marktfreiheit, die durch Marktrecht ermöglicht wird, was so ziemlich jedes Hintertürchen offen ließ und diejenigen verhöhnte, die sich so einen Roland gönnten, selbst wenn auch sie sich sämtliche Hintertürchen offen ließen, was die Zeiten mit sich bringen, wenn Mächte schnelllebiger werden und Grenzen flüchtiger als Erkenntnisse gewonnen werden können, um ihnen beizukommen.

In Lübeck Stadt und Lübeck-Travemünde ist -wie in Lüneburg- keine Rolandstatue zu finden. Das Marktrecht wurde auch dort flexibel gehandhabt. Travemünde wollte nicht in die Röhre gucken. Die Heringe flutschten direkt aus dem silbernen Schwarm in die Körbe, was die Travemünder nicht hinderte, Freistil zu angeln und zu fischen, so dass sich die Mecklenburger Kollegen darüber bis zur Androhung von Rache ärgerte, während die skandinavischen, isländischen – Island war ehemals Dänemark – bürokratisch, aber genauso auf bedingungslosen Vorteilbedacht, die EU bemühten, den Quotenunfug von Kaiser Barbarossa doch – bitteschön - endlich mal zu korrigieren. Seitdem ist im wahrsten der wahren Norden auch Thunfisch beliebt. Ob direkt von Lübisch Travemünder Trawlern mit Original Lübisch Travemünder Crew unter Ahois und Chorgesang gewaltfrei aus dem Meer gehievt oder von Vertragspartnern wie Island und Norwegen an Land gezogen, bleibt – bei Bedarf - noch zu klären. Ab und an sind Fische gar nicht so stumm, wie man es ihnen nachsagt. Ganz im Gegenteil: sie haben sogar einen Sprecher. Der kommt gelegentlich an Land, was zur Folge hat, dass es dann manchem wie Schuppen von den Augen fällt.

Der Roland in Wedel - die Elbe und deren schwimmende Güterbewegungen fest im Blick - steht dem in Bremen an Prächtigkeit nichts nach, wenn auch der Doppeladler im Wappen an Prägnanz gegenüber dem in Bremen etwas zu wünschen übrig lässt. Das wird durch dramaturgisch arrangierte Farbigkeit mehr als wettgemacht. Die Statue zeichnet sich auch dadurch aus, dass sie nicht, wie von klassisch inspirierten Bildhauern angestrebt, aus einem Stück gemeißelt oder gegossen ist, sondern gänzlich unkonventionell aus 32 Einzelteilen besteht, die eine bühnentauglich große Gliederpuppe ohne Marionettenmechanismus sein könnte.

Die schön anzuschauende 32 - Gliedrigkeit hat mehrere Vorteile. Zum einen können durch Materialermüdung gekennzeichnete Teile ersetzt werden, ohne das in eindrucksvolle Szene gesetzte Große und Ganze zu beschädigen, zum anderen kann die Statue unaufgeregt eine Neuprofilierung erleben, was nicht unwichtig ist, will man nicht – was schon passiert ist – ganze Orte und Länder einer Säuberung von Insignien vergangener Macht unterziehen. Schon mehrmals musste Wedel seine Zugehörigkeit als geändert hinnehmen – die jüngere Vergangenheit nicht eingerechnet.

Die Jahreszahlen und Inhalte der Informationstafeln stimmen nicht so ganz mit alten Geschichtsbüchern und neuen Interneteintragungen überein, was der Darstellung von den angesprochenen geschichtlichen Ereignissen nicht viel Abbruch tut. Der Hinweis auf der Rückseite „Gruss und Segen unseren Nachkommen – 1856" ist der Schlusspunkt unter viele Merk- und Fragwürdigkeiten.

Die weltberühmte Sage von den Bremer Stadtmusikanten ungefähr aus der Zeit der Errichtung des steinernen Rolands vor Ort lässt erahnen, dass auch Bremen und sein Roland einen Hintergrund mit einem Clou haben, der nicht sofort ersichtlich ist und auch nicht überall und jedem erzählt wird.

Rund um das Rathaus müssen Spelunken gestanden haben, reine Räuberhöhlen. Bauhütten für den Dom gönnte man sich außerdem. Danach war er fertiger als manch anderer seiner Art. Es ist erstaunlich, wie wenig daran nachgebessert oder geändert wurde – bis auf den Namen, ein paar Retuschierungen und das Aufpolieren und Zurschaustellen des Domschatzes. Die Handschrift der Aufarbeitung: die von Domprediger Günter Abramzik, der aus dem ehemaligen Freistaat Danzig/Westpreußen kam und in den sechziger Jahren an den St. Petri Dom in der Freien Hansestadt Bremen berufen wurde.

Was der Roland für den Handel darstellt, ist stets der Domprediger in Bremen für die kirchlichen Hierarchien gewesen, an deren Spitze ein sogenannter Schriftführer steht – ein Bischof –, der über Jahrzehnte von der ältesten Kirche in Bremen, Unser-lieben-Frauen in unmittelbarer Nähe zum Rathaus und auf der anderen Seite, wo der Dom sich majestätisch über alles ringsherum erhebt, gestellt wurde. Man könnte eingedenk dieses mentalen und spirituellen Doppelkopfes im macht- und finanzpolitischen Gefüge der Freien Hansestadt Bremen zu mehr Aufmerksamkeit für den Stadtstaat raten, dessen Grenzen entschieden weiter sind, als sie die jetzige Kartographie vorgibt. Es ist nicht das kleinste Bundesland, sondern aus kirchengeschichtlicher Sicht eines der größten.

Der Steinmetz, der das neue Wappen für den Sockel des Roland in Wedel gestaltete, könnte sich in Bremen schlau gemacht haben. Der Adler gleicht fast auf's Haar genau dem am Schütting, der Handelskammer. Sie versteht sich als ausführendes Organ des Roland mit dem voll ausgearbeiteten Doppeladler im Wappenschild, der darauf zurückzuführen ist, dass er Wappenvogel des Heiligen Römischen Reiches Deutscher Nation war. Der Begriff „Nation" bedarf – wenn schon aus diesem oder jenem Abgrund keine profunde Aufklärung erreicht werden kann – einiger

Fantasie. Es gab zu der Zeit zwar einen Kaiser, aber keine deutsche Nation, vielmehr – außer der Hanse - einen Deutschen Bund, dem sich die Ritter anschlossen und später die Kapitänstische, an denen dann beide saßen – oder bei Domprediger Abramzik im Pastorat, wo von ihm – wie anderorts von Geistlichen - versucht wurde, Mitglieder als terroristisch eingestuften RAF nachhaltig zu befrieden.

Das Pastorat war seit Abramziks Amtsanfang in einem historischen Renaissancegebäude am Markt gegenüber dem Dom untergebracht. Heute ist dort der Sitz von smarten Firmen. Eine Privatwohnung befindet sich wohl auch noch dort.

Das einstige, geschichtsträchtige Pastorat am Markt gehört inzwischen der Sparkasse in Bremen, die dort ihre schönste Filiale unterhält.

Was Roland bei seinem Kampf gegen die Sarrazenen – ihrerseits Morgenländer - in Spanien für die Marktfreiheit durch Marktrechte getan hat, dass er als Symbol gewählt wurde – darüber kann nur spekuliert werden. Ob nun die Sarrazenen eine Ethnie waren, die es besonders zu bekämpfen galt, wo doch der Kaiser selber – Barbarossa war es auch hier – die damals als Muselmanen bezeichneten Muslime ins Visier genommen hatte, sei dahingestellt und lässt vermuten, dass Roland – wie Heinrich der Welfe – eher ein abenteuernder Eigenbrödler mit massiven

Eroberungswünschen zur Befriedigung ökonomischer Interessen war.

So in Wedel.

Der Wedeler Ochsenmarkt lag nach heutiger Darstellung ein paar Meter weit vom Roland entfernt, beinahe in der Biegung der Schauenburger Roland Straße. Er hatte aber wohl dort nicht seinen originalen Standort.

Das Grundstück rund einhundert Meter weiter, wahrscheinlich mit dem verbunden, wo die Skulptur zur Erinnerung an das Treiben auf dem Ochsenmarkt steht und sich die sogenannte Familienkirche - mit Klarnamen

Immanuelkirche – befindet, wäre eher vorstellbar.

Es heißt, dass die kleine Kirche schon mal abgebrannt war, aber genau an Ort und Stelle wieder aufgebaut worden ist. Die Korrekturen bei dem Wiederaufbau sind deutlich sichtbar und hinterlassen Fragen.

Warum müssen Fenster und Türen einen Meter plus x Zentimeter weiter nach oben oder zur Seite versetzt werden? Statische Gründe sind für den Laien schwer vorstellbar und ästhetisch gibt es auch nichts her.

Die damaligen Baumeister haben sich gelegentlich nicht unerheblich verrechnet und Gebäude wegen Missachtung von physikalischen, meteorologischen und geologischen Regeln schon von Anfang an in Schieflage gebracht, die mit zunehmendem Alter schiefer und schiefer wurden. Ein Architekt in Bad Doberan, der in Zeiten der DDR die ehrenvolle Aufgabe hatte, für das Doberaner Münster Kupfer besorgen zu dürfen, beklagte mir gegenüber immer noch die mangelnde Beachtung von entsprechenden Maßstäben – bewarb sich aber im Gefolge eines mit ihm befreundeten englischen Kollegen, der als Fachmann für Theater- und Konzertsäle gilt, bei der Ausschreibung eines neuen Rostocker Theaters, das auf einer Sandinsel - ähnlich dem Hamburger Grund, die Elbinsel Neuwerk - gebaut werden sollte. Der Plan wurde aufgegeben. Danach bewarb sich der renommierte Architekt für die Restaurierung vom Amtshaus des Doberaner Münsters. Eine Aufnahme der gesamten Doberaner Münsteranlage in die Liste der UNESCO Weltkulturerbesehenswürdigkeiten sollte das Unterfangen stützen. Hätte es auch können, wenn man sich Bad Doberan hätte mit Schwerin einigen können.

Schwerin verfolgte eigene Interessen und wollte nicht auf das mecklenburgische Neuschwanstein in der Landeshauptstadt als Anwärter auf einen Platz im UNESCO Weltkulturerbe verzichten. Es stand Landesregierung gegen den reichsten Landkreis des Landes Mecklenburg-Vorpommern. Wahrscheinlich konnte es aber auch aus einem anderen triftigen Grund nichts werden.

Bad Doberan war gerade seiner Vorrangstellung im Landkreis verlustig gegangen und musste die Sitz des Landtages nach Güstrow verlegen.

Güstrow wiederum, die alte Hauptstadt Mecklenburgs unter Fürst Borwin, rückte damit in den Hierarchien historischer Stätten Mecklenburgs auf und musste sich nur noch Schwerin beugen, das allerdings stets mit Rostock, der kreisfreien Hansestadt im Clinch lag, die wegen ihrer Größe und Wichtigkeit als Marinestützpunkt die gar nicht mal so heimliche Hauptstadt Mecklenburgs war und ist. Sie stellte besondere Ansprüche auf Beachtung und an den ihr benachbarten Landkreis Doberan – nunmehr mit Hauptstadt Güstrow. Nach Rostocks Meinung floss zu wenig von den

Einnahmen des Doberaner Landkreises in die notorisch leeren Kassen der kreisfreie Hansestadt.

Noch eine von vielen Besonderheiten in und um Doberan herum: das gesamte Münster Areal, wie auch die meisten seiner Niederlassungen, stehen auf Moorgrund, was für die Gründungs- mönche nicht entmutigend war und noch immer nicht entmutigend sein muss. Die Abtei selber wankt noch nicht.

In Wedel mag der Untergrund für die Schieflage des Kirchleins mit Namen Immanuel die erste und zweite Hauptrolle gespielt haben. Die dritte ist mit ziemlicher Sicherheit den Witterungseinflüssen zuzuschreiben. Bläst es kontinuierlich in Stärken von 10-12 aus West oder Nordwest, werden sich auf die Dauer nicht nur Bäume, sondern auch Bauwerke neigen. Das Gleiche gilt für Ost - Nordost. Etwas weiter nördlich von Wedel ließ man dereinst just deswegen ein komplettes Frauenkloster versetzen. Genehmigt, nicht in Eigeninitiative und nach dem Motto, dass Landleben nur schön auf dem Lande ist.

Das Kirchlein mit den versetzten Fenstern und Türen, St. Immanuel geheißen, ließ in jüngerer Zeit eine nicht unbedeutende Zeile mit Einfamilienhäusern, sowie ein Gemeindezentrum mit Kita errichten. Für die Büste des bedeutenden Pastors Riest mit dänischem Theologentraining hat man dann auch noch ein Plätzchen gefunden, sie auf der Rasenfläche vor der Kirche aufzubocken, was wohl doch nicht als genug der Ehre empfunden wurde und eine etwas weiter weg gelegene Straße auch noch nach ihm benannt wurde.

Irgendwo dazwischen ist mit Ochsen gehandelt worden, die auf einem Treck nach Dänemark weiter ziehen sollten, wie ein Informationshinweis besagt. Mit „Dänemark" konnte Norddithmarschen oder Süd Schleswig gemeint sein, aber auch Falster oder Kronborg auf Seeland.

Ob in Wedel die Händler auf die Ochsen warteten, die vom anderen Ufer der Elbe oder aus dem Osten, Süden oder gar von noch weiter her aus dem Westen gebracht wurden, um dann weiter bis nach Dänemark getrieben zu werden, geht aus der Kurzhistorie des Ochsenmarktes am Denkmal eines ungenannten Künstlers nicht hervor, zumal das einzig tierische Exemplar der Skulptur nur als Rindvieh auszumachen ist.

Ochsenmarkt Wedel

Stein schleift Schere, Papier wickelt Stein...

Ochsenmarkt Wedel

Du kannst mich mal mit deinen Piepen...

Ochsenmarkt Wedel

Jetzt verkauft der mich als Schwarzbunte, wo ich
doch nur einen Lichtfleck habe!

In Lüneburg befindet sich das Straßenschild „Am Ochsenmarkt" am barocken Teil des Rathauses, dort, wo die niedrige Rechtsprechung stattfand. Das lässt Schlüsse auf die harten Bandagen zu, mit denen der Handel vor sich ging.

Draußen jagte währenddessen ein Sieg den anderen, als ob es gelte, eine neue Weltordnung zu schaffen, was wohl auch so gedacht war. Karl der Große war Schuld, wie zuvor die Römer im Allgemeinen und besonderen. Die hatten Tempel, er Pfalzen und Kirchen aus örtlichem Baumaterial wie Sandstein an die eroberten Orte befohlen, von denen dann auch tatsächlich die meisten unter der Regie von Bauhütten errichtet wurden. Das blieb für ein paar Jahrhunderte usus.

Als Heinrich der Löwe aus dem Welfenhaus meinte, er sei seine eigene Obrigkeit und das müsse auch Kaiser Barbarossa reichen, war bereits Backstein en vogue. Er hatte seine Imponiergebäude entweder befohlen und der Befehl war nicht ausgeführt worden, was bei seinem erwiesenermaßen sehr autoritären Herrschaftsstil - selbst unter Abwägung aller Eventualitäten - kaum vorstellbar ist - oder er wollte ganz groß rauskommen und brauchte dafür mehr Zeit. Ratzeburg mit Dependance in Mölln, Braunschweig, Lübeck und Lüneburg beinahe gleichzeitig zu errichten, mag selbst ihm zu wagehalsig erschienen sein. Bis zur Generierung von Mitteln zog er es vor, sich selber in Gestalt eines Löwen als Sinnbild der königlichen Stärke – und der Gerechtigkeit? - statt Ritter Roland als Schutzpatron des Marktrechts in Szene zu setzen.

Heinrichs strammer Raubkater ist kein gewöhnlicher, sondern kann modern genannt werden, eine kühne Abstraktion der Charaktereigenschaften des Herrschers, die wohl leicht geschmeichelt sein dürften.

Weder König Richard Löwenherz in Britannien, noch sein Bruderherz Heinrich der Löwe, sind von imposantem Äußeren gewesen, aber würdevoll, wie der Ikonographie von Herrschern sie damals üblicherweise darstellte. Die Portraits waren Schablonen. Fast alle sahen einerseits ritterlich, andererseits heiligmäßig aus. Zu erkennen war ihr Status am Wappen.

Wer war Mohr und wer Narr?

„In Mölln gibt es ein ‚Amt der Maurer'", werfe ich ein. „Das hatte ich beim Doberaner Ziegelthema anmerken wollen."

„Und warum haben Sie es nicht getan?" Herr Smaragd ist äußerst ungehalten. „Wo haben sie das Amt der Maurer entdeckt?"

„In einer Häuserzeile neben dem Pastorat am Fuße der alten Kirche, die als eine der reichsten in Schleswig-Holstein gilt."

„Aha", lässt sich Herr Smaragd vernehmen.

„Was heißt das?"

„Und?"

„Beim ‚Amt der Maurer' gibt es einen Zusammenschluss aus mehreren Gebäuden mit bebauten Hinterhöfen."

„Können's von einer Art erweitertem Schowroom der Spachtelkünstler sprechen?", fragt Herr Grotschy mehr rhetorisch als neugierig, was unter Beweis stellt, dass er wirklich in Norddeutschland unterwegs war.

„So ungefähr. Persönlich gehaltene und auffällig gestaltete Namensschilder ihrer Bewohner könnten zu der Annahme verleiten. Eines besagt, dass sich im Hinterhof der ‚Spiegelgang‘ befindet.“

„Und das, nachdem wir sehr anständig abgezogen waren!“, empört sich Herr Grotschy etwas unterkühlt. „Sie machen's aus allem was und wenn es nichts gibt, wird es am meisten. Der Eulenspiegel war die kürzeste Zeit dort und als er einmal umständehalber länger verweilen musste, ist er gestorben.“

Herr Smaragd lächelt fein.

„Dazu kann ich nichts sagen. Ich konstatiere einfach.“

„Dann konstatieren's weiter, soviel Sie Lust und Laune haben.“ Herr Grotschy

ist nicht gewillt, den Möllner Lauen-
burgern Pardon zu gewähren.

„Ein Künstler mit seinem Atelier ist
wohl Hauptmieter oder sogar Eigentümer des ganzen Ensembles. Das Schild
‚Amt der Maurer‘ ist. Es muss aus der
jüngeren Vergangenheit stammen.
Vorher war gerade ein solches Amt im
Gegensatz zu Ämtern anderer Gewerke
nicht bekannt.“

„Kennen Sie Mölln?“, fragt Herr Grotschy an Herrn Smaragd gewandt.

„Ich habe darüber gelesen.“

„Das über die Ämter habe ich aus ‚Das
Kreis-Herzogtum-Lauenburg-Buch‘

von Hermann Harms", beeile ich mich zu sagen.

„Und?"

„Erschienen ist es im Karl Wachholtz Verlag Neumünster."

„Jahrgang?"

„1987."

Herr Smaragd hat eine entsprechende Eintragung in seinem Laptop gemacht.

„Die Stadt hat eine ausgeprägt orientalisch anmutende Architektur und Ornamentik", referiert Herr Grotschy. „Die Verwendung der teilweise farbig glasierten Ziegelsteine erinnert andeutungsweise an maurische Gebäude in Spanien und Portugal. Im Dom zu Ratzeburg ist es der südliche Eingangsbereich gegenüber dem Friedhof. Er wird ‚Paradies' genannt."

„In Flandern, dem heutigen Belgien, gibt es eine Eulenspiegel Gesellschaft", wage ich mich vor. „Flandernfreund Peter der Große soll auch in Mölln gewesen sein. Im hohen Alter noch und das mit großem Gefolge."

„Ist der Flame identisch mit dem Till Eulenspiegel in Mölln?", fragt Herr Smaragd, ohne Berücksichtigung von

Zar Peter, dem ausgebildeten Schiffs-
zimmermann, den die Handelswege
zu Wasser in der Gegend interessiert
haben dürften. Lübeck und Travemünde hatten zwar bereits einen
Großteil des Geschäftes an sich gezogen, waren aber für Russland weiter
entfernt als die Route über den Steg-
nitz Kanal, an dem auch das Adelsge-
schlecht der Grafen von Bernstorff par-
tizipierte, das Russland freundlich ge-
sonnen war.

„**B**ürgermeister Dirk Bisschop aus Damme hat das Grußwort in dem Katalog zur Feier geschrieben. Er lag auf einem Regal aus und war als Bezahlware gekennzeichnet. Als ich ihn und ein paar andere Bücher und Hefte zur Kasse brachte, hieß es erschrocken, die Publikationen seien nicht für den Verkauf. Ich zeigte auf das Schild am Fundort, worauf ich gebeten wurde, einen Moment zu warten. Man müsse prüfen, ob im Archiv noch Duplikate sind. Ein Buch wurde einbehalten, alles andere bekam ich wieder", unterbreche ich den Exkurs nach Russland, das zwar heilige Narren kennt, aber keinen Till Eulenspiegel.

„Da haben's doch noch Anstand gezeigt", grantelt Herr Grotschy. „Und was hat der Herr Bürgermeister von Damme geschrieben?"

„Das Flämische ist nicht übersetzt worden und Französisch kommt nicht vor. Der Katalog ist zu den Festlichkeiten anlässlich des ersten Druckes der Eulenspiegel Zitate vor 500 Jahren erschienen. Schöppenstedt im Braunschweigischen und Bernburg in Sachsen nahmen ebenfalls teil. Die hatten auch jede Menge Stress mit den

Welfen, wie überhaupt jeglicher Zoff in der Zeit auf die Welfen zurückzuführen ist, so dass Till Eulenspiegel und seine Zeitgenossen wohl lieber auf Heinrichs strammen Löwen verzichtet hätten."

Herr Grotschy nickt. „Der Welfe war ja auch eine Zeitlang Sachsenfürst." Und Herr Smaragd wünscht zu wissen, von wann an die 500 Jahre des Jubeljahres zu rechnen sind, was ich nicht genau beantworten kann, aber auf 2010 tippe. Es ist das Jahr der Drucklegung des Katalogs in Bernburg, wie das Impressum besagt.

„In Damme war man - wie in Mölln - der Ansicht, Eulenspiegel sei bei ihnen gestorben. Die Dammer meinten, seinen Grabstein gefunden zu haben, der sich aber dann als der eines Wissenschaftlers herausstellte. Die Geschichte um den Fund herum ist nicht besonders sympathisch und hat große Ähnlichkeit mit der Handhabung der Erinnerung an Eulenspiegel, dessen Grabstein man in Mölln draußen an der Kirchenmauer von St. Nikolai in einen Käfig verbannt hat."

„Die Möllner schienen ja mächtig Angst vor ihm gehabt zu haben, obwohl er kein Österreicher war", merkt Herr Grotschy an. „Vielleicht haben's gedacht, er kommt in Wirklichkeit aus Böhmen, Mähren oder Galizien."

„Ich habe ein Bild des Grabsteines von Eulenspiegel gesehen", mischt sich Herr Smaragd in die Ausführungen ein. Die Darstellung von ihm gleicht im Stil der des Mohren in Ratzeburg, nur Till in Landsknechtstracht der Infanterie - und der Mohr mit Umhang, wie ihn auch die Kavallerie trug. Die sogenannten Holländer könnten als Mauren bezeichnete Flüchtlinge vor der Inquisition aus Spanien gewesen sein."

„Auf Sylt habe ich eine alte holländische Kachel erworben, die darauf schließen lassen könnte", bringt sich Herr Grotschy ein. Sie stellt eine hoch gestellte Persönlichkeit als Vogel dar. Kopfschmuck und Augen könnten von einem Orientalen sein. Die Grundfarben sind Blau und Gelb, wie sie in Portugal üblich waren. Da der Händler auch ein altes Tellerchen mit dem Heiligen Georg aus Siebenbürgen anbot..."

„Könnte er auch woanders her sein, wo auf sieben Bergen Burgen oder andere prägnante Bauten stehen?", fragt Herr Smaragd spitz.

„Also bitt'schön. Der Vogel ist blau-gelb und das St. Georg Tellerchen ist grün-gelb. Sie können's entscheiden."

Herr Smaragd murmelt, aber entscheidet nicht.

„In dem Katalog steht, dass Damme Flüchtlinge der Inquisition aus Spanien aufnahm", versuche ich den Faden zum flämisch-deutschen Eulenspiegel wieder aufzunehmen.

„Ich werde mir vor Ort ein Bild verschaffen", ist die knappe Antwort von Herrn Smaragd.

„Wenn ich eine Empfehlung geben darf - erst Ratzeburg, dann Mölln", sagt Herr Grotschy.

„Warum?"

Dort gibt es neben vielem anderen auch interessante Gräber und Grabsteine, bis in die Neuzeit hinein.

Wie einer Broschüre über die bedeutendsten Friedhöfe Ratzeburgs zu entnehmen ist, sind wohl Gruften auf dem Friedhof am Dom geöffnet und die Grabplatten später einfach woanders hingelegt worden.

Die Diskussion darüber ist eröffnet.

„Es müsste Dokumente geben", sagt Herr Grotschy.

„Gab es vielleicht auch", bringe ich mich ein. „Zum 825. Stadtjubiläum präsentierte Mölln ein schmales, bebildertes Heftchen mit Kostbarkeiten im Möllner Stadtarchiv. Ganz vorne ein Beweis, dass die Möllner echte Asse im Erfinden von Registriersystemen waren. Dann eine schematische Zeichnung des Scharfrichterhauses, ein paar Abbildungen von Dokumenten und zum Schluss Eintragungen ins Goldene Buch. Willy Brandt war da."

„Wieso Registriersysteme?" Herr Smaragd wirkt plötzlich sehr interessiert.

„Es schien eine Art Wettbewerb zu geben, wie am sichersten und schnellsten registriert werden kann. In Mölln war es offiziell eine Frau, aber die wahren Asse saßen wohl jenseits der in Mölln immer noch wie aus Väters Zeiten benannten Advokatur – ein Antiquariat, das gerade im Frühjahr 2019 ein Blatt des Katasters aus dem 18. Jahrhundert, eine reiches Angebot an Zinngeräten und Zinnsoldaten aller Waffengattungen aus den Franzosenkriegen

wie auch eine ganze Elefantensamm-
lung mit einigen sehr schönen Exemp-
laren anbot."

„Und?"

„Sehen's, Herr Kollege, da kann man
sich nur herausgehalten, wenn's kein
Zinnsammler sind. Wir in Wien haben unsere eigenen Figuren."

Herr Smaragd sieht das zwar auch. Er
ist kein Zinnsammler und war es nie,
meint aber, man müsse die Entwick-
lung beobachten, um eine vorzeitige
Zinnschmelze zu verhindern. Zinn
interessiere wegen der Siegel. Es sei mit
den Kreuzzügen auch ins Heilige

Land gekommen, bis man dort ent-
deckte, dass Öllampen noch bessere
Dienste leisten.

Herr Grotschy gibt sich beeindruckt.

„Es gibt sogar Dokumente darüber",
sage ich. „Im Heft 207 vom März 2019
‚Lauenburgische Heimat', eine Zeit-
schrift des Heimatbund und Ge-
schichtsvereins Herzogtum Lauenburg
werden Zinnutensilien gesucht. Die
Genealogie der Hersteller wird mitgelie-
fert. Die Annahme, wann Humpen, Pokale, Teller, Zuckerdosen und Leuchter
verschwunden sein könnten, differiert
von Gegenstand zu Gegenstand."

Herr Smaragd ist nach einer längeren Betrachtung über Zinn und seine weiteren Wege immer noch auf den Spuren des Mohren, was vor dem Hintergrund, dass die Herzöge von Ratzeburg und Mölln sehr gebildete Herrschaften waren und sich auf lange und teure Forschungsreisen begaben - auch nach Afrika - ein sowohl dankbares, wie auch schwieriges Unterfangen ist.

Ihre Souvenirs?

„Es heißt, der Mohr sei ein hoher Würdenträger gewesen. Das könnte erklären, warum sein Grabstein zusammen mit einer großen Anzahl von

Grabsteinen Adeliger und hoher Geist-
licher im Dom den Schuhen und Stie-
feln von Besuchern ausgesetzt wurde,
so dass die Inschrift nicht mehr zu ent-
ziffern ist, obwohl es heutzutage in der
Archäologie technische Hilfsmittel
gibt, die selbst bei größten Beschädi-
gungen Ursprüngen auf den Grund
gehen können, wie dem Faltenwurf seines Umhangs. Unter umständen
könnte daraus abgeleitet werden, ob er
darunter Zeichen seines Standes wie
beispielsweise einen Krummdolch trug.
Es wäre auch interessant zu wissen,
welcher Art der Verschluss war, mit

dem sein Umhang zusammengehalten wurde.

Als ich den Dom im Frühjahr 2019 besichtigte, war er so gut wie überhaupt nicht beleuchtet. Eine Fotografie ohne spezielles Gerät war nicht möglich. Trotzdem war im schummerigen Licht gut erkennbar, dass bei weitem nicht mehr alle in der „Kunst Topographie Schleswig-Holstein" (Karl Wachholtz Verlag Neumünster 1969) genannten Steine vorhanden waren. Das Vorwort des umfänglichen Fachwerkes „Zum Geleit" schrieb der damalige Kultusminister des Landes Schleswig-Holstein

Claus-Joachim v. Heydebreck, der aus einer bekannten, den Nationalsozialisten nahe stehenden Familie kam.

Von Heydebreck stellt das Buch als einen Status da, der bis zum Zeitpunkt der Veröffentlichung lediglich den Behörden bekannt war, und zwar insbesondere der Landesregierung in Kiel und dem Amt für Denkmalpflege in Lübeck. Demnach war es erst ab 1967 möglich, Spuren aufzunehmen und musste in Kauf genommen werden, dass zwischen Ende des Krieges und dem Datum der Veröffentlichung des Buches mit Billigung höchster Stellen

Veränderungen in Kunst- und Kulturbeständen vorgenommen wurden. Die Akten mit dem Stand 1945 müssten in Kiel und Lübeck ebenfalls noch vorhanden sein, vielleicht sogar Anträge auf Veränderungen und Begründungen dafür.

„Und was ist mit den Gruften?", fragt Herr Smaragd nüchtern.

„Der Friedhof scheint Hohlräume bekommen zu haben. Auch deswegen ist es sinnvoll, erst nach Ratzeburg zu fahren und dann nach Mölln. Es ist auch zu bedenken, dass alle Friedhöfe Ratzeburgs – bis auf den am Dom und den an der alten St. Georgsbergkirche, der wohl herzoglich gesteuerten Gegenspielerin vom Domkapitel – ursprünglich außerhalb der Stadtmauern lagen, womit gesagt sein kann, dass etliche Nichtchristen in Ratzeburg lebten. Einen Abrahamsberg mit einer ansehnlichen Bebauung gab es auch. Er wurde in den dreißiger Jahren umbenannt, ohne dass die Bebauung gelitten hätte. Die St.Georgsbergkirche wiederum wird heute stark verkürzt ‚St. Georgkirche‘ genannt und trägt damit der Lage der Kirche nicht mehr Rechnung." Herr Grotschy ist bestens informiert.

„Sonst noch was?" Herr Smaragd bemüht sich, unaufgeregt zu wirken.

„Es gibt ein altes Foto vom Domfriedhof im tiefen Schnee", sage ich. „Zu sehen sind nur zwei Kreuze. Die sieht man noch heute. Eines ist abgesenkt. Ein bedeutendes Souvenirgeschäft in Mölln, das besonders lokales Handwerk anbietet, hatte einen Grabstein im Angebot. Es handelte sich um ein sogenanntes Ansveruskreuz, wie es – anders auf dem alten Foto – jetzt neben den beiden Kreuzen zu finden ist, die in dem Buch abgebildet sind."

Dazu noch einmal Herr Grotschy:

„Derlei Kreuze sind im ganzen Norden bis nach Sibirien zu finden. Man könnte beinahe sagen, dass sie inzwischen kein religiöses Merkmal, sondern Kult sind."

„Die haben es mit dem Nordischen in der Gegend", sage ich. „In Ratzeburg ist unweit vom Dom eine Kneipe, die Güstrower Bier ausschenkt."

„Und?" Das ist wieder Herr Smaragd wie er leibt und lebt.

„Fürst Borwin aus Güstrow war mit eine Tochter von Heinrich dem Löwen verheiratet."

„...und schon sind Mecklenburg und Lauenburg bis auf den heutigen Tag ein Herz und eine Seele?" Das ist Herr Grotschy wie er leibt und lebt.

„Zumindest hat man sich zum Vorteil de jeweiligen Situation daran erinnert. Und sei es, dass ein Bierausschank mehr hinzugekommen ist."

„...der in Zinnhumpen kredenzt wird?" Herr Smaragd macht sich eine Notiz über Güstrow, Bier und Zinn.

„So gut wie nebenan ist das Theodor-Körner-Haus. Körner, zum Freikorps Lützow gehörend, soll hier kurz vor der Schlacht gestorben sein, die ihn das

Leben und seinen Bewunderen die Fort-
setzung seiner Freiheitsdichtung kos-
teten. Ich sehe da einen Zusammenhang mit Borwin, Güstrow und
Zinn."

Heinrich der Löwe mit einer unbekannten Schönen in Hamburg vor dem Kulturcafé, Kartenzentrale für Elbphilharmonie und Laeiszhalle, an Hamburgs Mönckebergstraße.

Henning v. Rumohr hat persönliche Aufzeichnungen zu Geschichtsabläufen in Schleswig-Holstein gemacht, wenn auch nicht explizit über Friedhöfe. Er war Volljurist und als solcher im nationalsozialistischen Reichsluftfahrtministerium tätig. Nach Ende des zweiten Weltkrieges arbeitete er als hoher Beamter für die Landesregierung in Kiel und war Probst von Schleswig.

Hubertus Neuschäffer weiß in seinen Büchern wie „Schlösser und Herrenhäuser in Lauenburg" (1987 Verlag Weidlich, Würzburg) davon und auch von zu Gütern gehörenden Ziegeleien zu berichten, die Defizite der nicht immer profitablen Land- und Forstwirtschaft ausgleichen halfen.

Neuschäffer hebt immer wieder die Wichtigkeit von Flurveränderungen hervor, die aufgrund von Notverkäufen, Erbschaften und sowohl Ver- wie auch Einheiratungen frühere Geschichtsabläufe schwierig machen nachzuvollziehen. Manchmal führt die Spur nach Hamburg, wenn der Landadel – die alte Ritterschaft – sich mit dem Geldadel in der Stadt zusammentat, um zu überleben.

„Also Dokumente in Hülle und Fülle - Dann wollen wir uns mal auf den Weg machen!" Herr Smaragd hat es jetzt eilig. Er ist beinahe schon auf dem Sprung.

„Na", sagt Herr Grotschy und bremst ihn, „das mit der Hülle und Fülle weiß ich nicht. Das hört sich nach Schnitzel ohne Sardelle an, aber wir können's probieren."

Eine Probe anderer Art:

Dr. Hans-Christian Knuth, der von 1991 bis 2008 Bischof des Sprengels Schleswig der Nordelbischen Kirche war und den ich das Glück hatte, vor vielen Jahren als geduldigen und für kritische Fragen offenen Gesprächspartner kennenlernen zu können, dürfte mehr zu Henning v. Rumohrs Vergangenheit und Tätigkeit in der Kieler Landesregierung und als Probst von Schleswig wissen, vielleicht sogar über das Schicksal des Mohren von Ratzeburg.

Darauf wollen Herr Grotschy und Herr Smaragd nicht warten, haben sich aber eine entsprechende Anmerkung auf Wiedervorlage gelegt.

Ratzeburg

Friedhof am Dom – die beiden Kreuze sind vom Schnee befreit. Zu sehen ist auch ein wohl alter, aber später hinzugesetzter Stein mit dem im Norden typischen Ansveruskreuz.

Mölln

Backsteinarchitektur (Kirche)

Mölln

Ich schaue mich in Bremen um, das Verwandtschaft in Schleswig - Holstein unterhält. Knoops Park erinnert daran. Die begüterte Familie Knoop war hier wie dort von großer Bedeutung für Kunst, Kultur und Wirtschaft.

Ich konzentriere mich jedoch auf den ritterlichen Wüterich namens Roland, den ich mehr als einmal vor die Linse bekommen habe. Erst 2018 ist mir aufgefallen, dass ihm etwas fehlt.

Roland hatte ein Wunderhorn, das in Bremen in keiner Weise auffällt. Es war wohl ein kunstvoll gestaltetes

Signalhorn, das in eine Labeflasche umfunktioniert werden konnte.

Interessant ist auch Rolands Gürtelschnalle. Sie zeigt das Konterfei einer blonden Maid. Entweder ist es die Jungfrau Maria als Amulett mit hohem Schutzfaktor oder sein Herzensweibchen, was ihn beinahe in den Rang eines Minnesängers erheben würde, der von Hof zu Hof ritt, um Moritaten und Werbetexte vorzutragen.

Seit Frühjahr 2018 frage ich mich nun, wem der Beau im Wachhäuschen vor dem Bremer Rathaus, der Ritter Roland sein soll, denn gleicht, wie man sich eben so fragt, wenn jemand sehr imposant ist.

Etwa Emma im Kampfanzug, die von Bremen oder Ansgar von Hamburg, Bremen, Verden und Schweden im ritterlichen Tuxedo?

Wenn man nicht mehr weiter weiß...

Was sagt der Arbeitskreis Grotschy - Smaragd dazu und dem Roland von Dubrovnik in Kroatien, ehemals K.u.K. Österreich, der dem in Wedel rein äußerlich sehr ähnlich ist, wenn auch nicht so prächtig und auch nicht an einer Hauptverkehrsstraße wie in Wedel liegt, sondern der angesagtesten

Fußgängerzone der historischen Stadt Dubrovnik, an der die serbische Übermacht im letzten Balkankrieg überraschend scheiterte?

„Sarrazenen!", sagt der erlauchte Arbeitskreis und wirft damit den runden Hut in den Ring des Machtkampfes zwischen Heinrich dem Welfen und Barbarossa, dem kreuzritterlichen Staufer.

„Sarrazenen? Können die – ehrlich gesagt - nicht mal anders?"

„Bitteschön, wenn Sie möchten: ‚Mameluken'", meint Herr Grotschy.

„Und Dubrovnik?"

„Das können Sie sich doch denken."

„Könnte er", stellt sich Herr Smaragd vor seinen Kollegen Grotschy, „könnte er, wenn er sicher wäre, dass Sie sich das nicht denken können."

„Was?"

„Dubrovnik."

„Da möchte ich unseren Fachmann aus Wien zu hören."

Herr Grotschy signalisiert, dass er nichts dagegen hat, gehört zu werden und sagt: „Bitteschön."

„Sie könnten sich also vorstellen, dass der Roland eine den Wandeln der Zeit immer wieder angepasste Größe wie Till Eulenspiegel, der seinen Namen wahrscheinlich dem hohen Ansehen von Eulen seit Athens Zeiten und dem Spiegel einerseits als Indikator von Noblesse, andererseits von Vergänglichkeit verdankt?"

Herr Grotschy kann sich das vorstellen, wenn auch nicht vorbehaltlos.

Was er sich vorbehält, möchte Herr Smaragd wissen.

„Den derzeitig gültigen Wandel der für den Roland und Till Eulenspiegel relevanten Zeit, Herr Kollege."

„Da können wir ja lange warten", sagt Herr Smaragd. „Der Roland dürfte schon mal eher einen Punkt machen, bei Till habe ich so meine Zweifel."

Herr Grotschy meint, sich in bester Übereinstimmung mit Herrn Smaragd zu befinden, wenn da nicht die Kleinigkeit des Meridians wäre, der sowohl Roland als auch Till in einem anderen Licht erscheinen lassen könnte. Eine astronomisch-astrologische Uhr könnte helfen, wofür sich St. Marien in Lübeck anbietet, die aber Herrn Groschys Ansprüchen nicht genügt, der aus Prag verwöhnt ist.

Ich notiere: Roland oder Löwe – es ging im damals bekannten europäischen Raum und seinen Einflusssphären um Rechtssysteme. In Lüneburg wurde nicht nur im Rathaus, sondern auch in St. Johannis Recht gesprochen und exerziert.

In der Kaufmannschaft, die sich sowohl vor dem Rat als auch der Kirche zu verantworten hatte, aber dennoch wusste, sich dem weitgehend zu entziehen, ging es um alles, was mit Geld und Wirtschaft zu tun hat. Sie schien ihr eigenes Ding unter Ausschluss der Öffentlichkeit und ohne Einschaltung von Rechtsorganen zu drehen. Es wurden Verträge geschlossen, deren Einhaltung bis zum Konflikt ausschließlich von ihnen überwacht wurde. Dann wurde es meistens teuer. Die Gerichtskosten wurden nicht selten mit Pfändungen, Verkäufen und Verschleudern von anderer Hab und Gut beglichen. Ähnliche Clubs gibt es auch heute noch.

In Lüneburg fing die Berechtigung für die Teilnahme von Clubprivilegien mit der Sülze (das Recht für den Salzabbau) an. Darauf basierten die Pfannen und Schmelzen, die Kontaktbörse und der Handel unter Zuhilfenahme vom

Club internen Kreditwesen. Die Aktivitäten konnten damit ausgeweitet werden, sobald die Gelegenheit günstig war, was in Lüneburg konkret bedeutete: Erwerb von Lagerhäusern für Waren, neuen Technologien wie einen Kran und Schiffe für den Handel, sowie mehrstöckigen Wohnhäusern und Kirchen, die gestern wie heute als gutes Investment gelten. Wenn sie nicht als Tribut befohlen, sondern in vorauseilendem oder befohlenem Gehorsam als freiwillige Gabe überbracht worden waren, stimmte man so den Potentaten günstig. Und wenn nicht ihn selber, dann seine kirchlich angetraute Frau, seine Mutter, den Lieblingsonkel, die Lieblingstante oder eine seiner gerade angesagte Maitressen. Am besten alle zusammen, was nur sehr aufwändig zu bewerkstelligen war und oft genug das Ziel dennoch nicht erreichte. Vieles wurde aus abgrundtiefem Nichtgefallen oder wegen inzwischen geänderter Umstände nicht gewürdigt, verursachte gar Ärger und verschwand – wo auch immer. Das Tafelsilber vom deutschen Dichterfürsten und Geheimrat Johann Wolfgang v. Goethe soll auf diese Weise funktionsbereinigt, aber doch wohl mit mehreren Imprints ähnlichen Vermerken versehen, in einem

Schleswig-Holsteiner Museum gelandet sein. Der Einsatz lohnte sich eh nur, wenn der Braten größer war, als das Menübesteck, dessen Gewicht von zarten Frauenhänden kaum gehalten werden konnte.

„Also kein Ferkelessen mit Ulrike von Levetzow in einem Klostergewölbe." Herr Smaragd schlägt einen kühnen Bogen zum Sittengemälde des goldenen Goethezeitalters.

„Sie meinen...", deutet Herr Grotschy einen roten Faden zur Marienbader Elegie an.

„Ich meine, dass man nicht nur in Schleswig-Holstein, sondern auch in Mecklenburg-Vorpommern nach Ursachen und Wirkung Ausschau halten muss. Wir kommen auf dem Weg ja sowieso auch durch Lauenburg.

„Stadt oder Land?" Herr Grotschy wird mal wieder sehr genau.

„Beides."

Von den alten Lagerhäusern ist in Lüneburg in der Zoll Straße – die Schreibweise ist vom Straßenschild übernommen und lässt innerhalb des historischen Hintergrundes, dass Lüneburg das Recht hatte, Zoll zu erheben, weitere Mehrdeutigkeit erahnen – ein ungewöhnlicher Bau zu sehen, der Böhmischer und Hannoverscher Architektur folgt. Es beherbergte noch 1865 einen Weinkeller, wie das Schild besagt. Jetzt ist dort die Warenannahme von Karstadt Lüneburg.

„Eine Finte?"

Herr Grotschy wirkt angestrengt nachdenklich, Herr Smaragd betrachtet die Schäfchenwolken auf dem Sonnenschutz.

„Das Datum von 1865 scheint sehr spät angesetzt", lässt sich Herr Grotschy schließlich vernehmen und greift ins Leere, als er meint, ein Glas Rotwein vor sich stehen zu haben. „Es gibt genießbare Weine, die 500 Jahre und älter sind."

„Wohl wahr! Ist Ihnen schon mal einer begegnet?"

„Ich hätte es darauf ankommen lassen können, war aber nicht darauf eingerichtet, als ich spontan eingeladen wurde."

Herr Grotschy schaut wieder angestrengt nachdenklich, Herr Smaragd ist immer noch mit den Schäfchenwolken beschäftigt. Wir sitzen im Laubengang der Weinwirtschaft vom A-Rosa Hotel Travemünde, dem ehemaligen Kurmittelhaus. Von Ferne dudelt Jahrmarktsmusik. Es ist Ostern. Zeit für Mittagsschlafende und Tausendschrittetuer nach dem Essen.

„Tatsächlich hat der Weinhandel in Norddeutschland eine längere Tradition", sagt Herr Grotschy und lässt

seinen Blick schweifen, als ob er irgendwo einen Vertreter der Tradition
entdecken wolle. „Weinhandel war eines der Prestigeobjekte der Hanseatischen Kaufmannschaft. Es ist kaum
denkbar, dass die Lüneburger da nicht
mithalten wollten."

Herr Grotschy war beinahe überall.
Auch in Lüneburg und auf der Heide.
In Lübeck hat er mehrmals geweilt. Ich
bin gespannt, wo sich unsere Erfahrungen treffen, wenn Herr Smaragd
nicht das Wort ergreifen will, was selten vorkommt. Wie jetzt.

Herr Smaragd runzelt die Stirn. Die Wölkchen haben vermutlich die Limit-zahl überschritten und nähern sich der Bildung einer Wolke.

„Denkbar ist hingegen, dass die ab-trünnigen Bardowicker Kaufleute ihre Kontakte nach Frankreich mit nach Lübeck nahmen und dort mit dem als Lübecker Spezialität bekannten Rot-spon Erfolge erzielten", sinniert Herr Grotschy.

Ich kenne Bardowick von der Anfahrt über Stelle. Dort wird zur Zeit Spargel im Straßenverkauf angeboten. Das deutet auf guten Geschmack. Herr

Grotschy könnte richtig liegen mit seiner Rotspon Hypothese.

„Einige Jahre zäher Verhandlungen mit nach Lübeck abgewanderten...", mischt sich nun erwartungsgemäß Herr Smaragd ein und handelt sich einen strafenden Blick von Herrn Grotschy ein.

„Darf ich das schreiben?", frage ich.

„Was, bitteschön?"

„Sie wissen doch noch gar nicht, was ich sagen will", sagt Herr Smaragd.

„Wissen's..."

„Genau das wage ich zu bezweifeln",
nörgelt Herr Smaragd.

„Bitteschön, dann eben nicht, aber Sie
Sie werden ihr unter Umständen ein
falsches Datum nennen", gibt Herr
Grotschy zu Bedenken.

Ich möchte kein falsches Datum, ich
möchte schreiben.

„Ich werde kein falsches Datum geben,
ich bewege mich immer in Zeiträu-
men", erklärt Herr Smaragd, was mir
sehr entgegenkommt und mich in meiner Annahme bestätigt, dass ich Herrn
Smaragd Glauben schenken kann,
weil er sich meistens sehr selten irrt.

„Typisch Smaragd!", murmelt Herr Grotschy und winkt einen Ober herbei.

„Mindestens 450 Jahre zäher Verhandlungen zwischen Lüneburgern und Bardowickerm wären da im Gespräch, wenn die Informationstafel an der Warenannahme Karstadt stimmt", beendet Herr Smaragd den angefangenen Satz von vorgestern.

„Das ist, verehrter Herr Smaragd, als ob Sie in Lübeck-Dänischhagen Reinfelder Karpfen wie im Sachsenwald suchen und erstaunt sind, dass sie nicht den Fürsten Bismarck beim Hantieren mit Blinkern und Keschern vorfinden, sondern Aale Dieter vom Fischmarkt auf St. Pauli."

„Kollege Grotschy! Darf ich zunächst weiter referieren?"

„Bitt'schön, aber vergessen's nicht, dass es dort weiter nach Herrenwyk geht. Selbst Ihnen müsste das ein wenig unheimlich sein!"

Herr Smaragd stutzt.

„Weil ich einen Umweg in Kauf nehmen muss?"

„Na, nicht Sie, sondern die Frau Reiseimpressionistin."

„Könnten Sie ohne ‚na' auskommen?"

„Darf ich das skizzieren?", frage ich.

„Was?", will Herr Grotschy wissen.

„Dass ich einen Umweg nach Herren-wyk machen muss?"

„Nein!"

Das ist Herr Smaragd.

„Das Weinlager war nach seiner Auflö-sung, deren Umstände unbekannt sind und nur mit Kriegswirren erklärt werden können, ein Munitionslager", fährt er fort.

„Mit Leergut?"

Herr Grotschy hat inzwischen ein Glas bekommen, aber noch keinen Wein. Er müsste dafür die Karte studieren, möchte mich jedoch nicht Herrn Smaragd alleine überlassen.

„Eine Frage noch.“

„Ein Satz.“

„Danke.“

„Bitte.“

„Danke ist kein Satz.“

„Sind Sie Hanseatin oder kommen Sie aus der Fördeküche?“

„Wem gleicht der Roland in Bremen?“

„Sie haben noch nicht geantwortet“, sagt Herr Smaragd spröde, als wäre er als Stint verunglückt.

Herr Grotschy schaut wieder indigniert, aber diesmal Herrn Smaragd ins Gesicht.

„Dann wäre ich meinen Satz losgeworden."

Herr Smaragd lacht.

Herr Grotschy lacht nicht. Ob er über das Leergut nachdenkt? Er kennt sich aus mit Gütern.

St. Johannis in Lüneburg ist evangelisch-lutherisch. Evangelischer und lutherischer geht es kaum. Für die Gemeinde liegen Gesangbücher der Braunschweigisch - Bremischen Landeskirche aus. Ihr berühmtester Pastor war zuvor am Hof in Kopenhagen gewesen und ist in St. Johannis mit einem Gemälde vertreten, das neben dem von Deutschlands bekanntestem Thesenverfechter Dr. Martinus Luther das linke Seitenschiff der Kirche prägt. Ihm zur Seite ist durch ein jeweils ebenso großes Gemälde sein intellektueller und weniger radikale Freund

Philipp Melanchthon und der tschechi-
sche Reformator und Märtyrer Johan-
nes Hus gestellt. Der Schweizer
Huldrych (Ulrich) Zwingli, von Luther inspiriert und ihm an Unerbitt-
lichkeit überlegen, fehlt.

Die Deutsche Bundespost hat der Erinnerung nachgeholfen. Sie gab eine
Sonderbriefmarke mit einem furios
eingefärbten Portrait Zwinglis zum
500. Bestehen der Zürcher und ober-
deutschen Reformation heraus und
zierte den ungewöhnlichen Postwert
mit einer Zwingli zugeschriebenen

Forderung: „Tut um Gottes Willen etwas Tapferes."

Wo liegt Oberdeutschland?

Was ist mit der tapferen T a t gemeint?

In St. Johannis, Lüneburg, werden beide, Martin Luther und der verehrte St. Johannis Pastor Caspar Gödemanns vom Künstler mit einem ansehnlichen Symbol der Reinheit und Weisheit geehrt: dem Schwan. Luther mit einem sehr großen, Gödemanns mit zwei kleinen, aber erwachsenen Schwänen.

Warum?

In Indien, wo das heilige Buch der Bhagavadgita von der Unvermeidbarkeit der Tat spricht, wird dem Schwan das Urei zugeschrieben, was die christliche Lehre gerne vom Hinduismus übernimmt und der Hinduismus es ihr auch gerne überlässt, wie er sich generell nicht sperrig gegenüber Einsichten durch andere zeigt. Es muss aber erwähnt werden, dass der Weg zum Christentum nicht über die Vielfalt der Götter und Gottheiten des Hinduismus, sondern über den Monotheismus des mosaischen Glaubens führt.

In Travemünde, die aus allerlei Grün-
den der Opportunität in Lübeck einge-
meindete Hafenstadt ohne eigenen
Hansestatus, aber von Kaiser Barba-
rossas Gnaden - so wird gerne auf Tra-
vemündisch kolportiert - treibt man
trotz kaum erkennbarer Göttervielfalt
- hier und da tauchen ein Neptun, eine
Venus oder auch ein paar Nymphchen
auf - gerade an Ostern den heidni-
schen Eierkatechismus ziemlich weit,
während in Lübeck selber der Leidens-
weg Christi von in schwarze Talare mit
weißen Halskrausen gekleideten Geistlichen sowie einer singenden

Gemeindeschar diesseits des Klugha-
fens nachempfunden wird. Dabei wird
nicht ein aus Balken gezimmertes
Kreuz durch die Straßen der Altstadt
geschleppt, sondern ein aus Sperrholz
und Reisigen zusammengebundenes
vor sich hergetragen. Eine Erinnerung
an die Lübecker Märthyrer – drei Ka-
plane und einen evangelischen Geistlichen –, die sich gegen die Vereinnah-
mung durch die Nationalsozialisten
stemmten, nach Hamburg gebracht
und dort durch die Guillotine hinge-
richtet wurden? Die Deutsche Bundespost ehrte sie 2018 mit einer Sonderbriefmarke, die im Lübecker Rathaus

vom Schleswig-Holsteinischen Ministerpräsidenten Daniel Günther vorgestellt wurde.

In der Osterausgabe der „Lübecker Nachrichten" von 2019, die sowohl mit einer Osterberichterstattung aus Stadt und Land am Ostersonnabend wie auch am Ostersonntag erschien, war zwar ein Bild von der Prozession in der Lübecker Altstadt zu sehen, aber keinerlei Hinweis auf einen möglichen, inhaltlichen Zusammenhang mit den Märtyrern.

Ist die Veranstaltung ein jährliches Ritual, das zu vergleichen ist mit dem

Hollywood Zelluloidstreifen „Attila, die Geißel Gottes", in dem Christen singend und ähnlich symbolisch bewaffnet wie die kleine Gemeinde zu Ostern in Lübeck dem Hunnenkönig entgegengehen, um ihn in Bann zu schlagen und das mörderische Unheil der Unterwerfung durch Heiden abzuwenden?

„Hunnen?", fragt Herr Smaragd. Er liest meine Moderation mit. „Wie kommen Sie darauf?"

„Das ist das Drehbuch." „Dann nehmen Sie ein anderes. Wie waren schon bei

Mauren, Sarrazenen und Mameluken."

„Atheisten", sage ich kurz entschlos-
sen.

„Na ja", quittiert Herr Smaragd meine
Kurzentschlossenheit. „Und?"

„St. Johannis in Lüneburg schien mir
sehr oberdeutsch und darauf aus, eine
tapfere Tat zu begehen."

St. Johannis in Lüneburg ist eine sogenannte Missionskirche. „Religiöser Fairtrade" könnte man es nennen. Sie hält Kontakt zur Hermannsburger Mission, die wiederum Hand in Hand mit der Gossner Mission arbeitet. Beide evangelischen Missionsgesellschaften waren und sind in Schwarzafrika und Indien tätig.

Über die Gossner Mission kamen bereits in den fünfziger Jahren indische Pastore aus Bihar, einem der damals ärmsten Bundesstaaten Indiens, nach Westdeutschland.

Rund zehn Jahre nach ihrem Besuch reise ich mit einem Bild von ihnen nach Indien – und finde tatsächlich einen von ihnen, obwohl die mir selbst gestellte Aufgabe die von der Stecknadel im Heuhaufen bei weitem übertrifft. Indien hatte zu der Zeit bereits über 600 Millionen Einwohner. Inzwischen sind es weit über eine Milliarde.

Sechs Stunden Zugfahrt liegen hinter mir, als ich in Jamshedpur – auch als Tatanagar bekannt – ankomme.

„Wie weit ist es nach Jamshedpur?", hatte ich meine Gastfamilie in Kalkutta gefragt.

„Jamshedpur? Was willst Du da?"

Ich sage, ich will mit Hilfe von einem südindischen Freund aus Jamshedpur, einem römisch-katholischen Christen, versuchen, einen lutherischen Geistlichen in Ranchi bei Bodh Gaya zu finden.

Daraufhin:

„Ach, J a m s h e d p u r! Das ist ganz in der Nähe!"

In sechs Stunden könnte ich von Hamburg aus mit dem Flugzeug nach Dubai fliegen, mit der Bundesbahn nach München fahren oder bequem nach Ratzeburg und Mölln (= je rund

1 Stunde sowohl hin als auch zurück).
Die Um- und Einsteigezeiten sind großzügig berechnet, da es – anders als in Indien - wegen einer weitgehend streng eingehaltenen Klassenlosigkeit zu Gedränge kommen kann.

Am besten, man fährt nach Ratzeburg und Mölln außerhalb der Hauptverkehrszeit, die eigentlich immer ist und außerhalb der Ferien, die auch immer irgendwo zu sein scheinen und ungeahnte Menschenmengen in Bewegung setzen, die alle nach Lüneburg, Lübeck, Ratzeburg oder Mölln wollen, was ein Hochgefühl weckt, genau die richtige Zielwahl getroffen zu haben. Vor Ort verläuft sich dann alles rund um die Seen und man kann sich entspannt den Eindrücken rund um die Stadtmauern und Beschilderungen widmen. Wiedererkennungswerte inklusive. Fast überall gibt es eine Burg- und eine Schmiedestraße. Die Reiter (Ritter)- und Pferdedichte muss noch höher gewesen sein als die Bauern- und Ochsendichte. Ochsen werden bekanntlich nicht beschlagen, aber vor manchmal reparaturbedürftige Karren gespannt, die mit geschmiedeten Waffen beladen sind. Mölln galt als seit altersher Waffenschmiede.

Im Frühjahr 2019 sehe ich in Lüneburgs St. Johanniskirche die Hermannsburger und Gossner Mission
viel deutlicher und erkenne die Proble-
matik von Sender und Empfänger.
Hier: besonders Inlandschristen – Aus-
landschristen und Andersgläubige.
Woher, wohin?

In Lübeck-Travemünde wird die Prob-
lematik noch anders als in Lüneburg,
Hamburg, Bremen und Wedel spürbar.
Der Ort nahm – wie die anderen genannten und viele ungenannte - nach
dem Ersten und Zweiten Weltkrieg

eine grosse Anzahl von Ostflüchtlingen auf und kam bis zur Wiedervereinigung - und jetzt noch immer nicht - zur Ruhe. Erst waren es Menschen, die über den Priwall in den Westen zu gelangen versuchten, dann reguläre Aus- und Übersiedler und heutzutage Quotenasylanten.

Die landsmannschaftlichen Zusammenschlüsse und Aktivitäten sind vielfältig und geben Lübeck - Travemünde mit Bezeichnungen wie „Ostpreußenkai" einen Anstrich von trotziger Absicht, weder zu vergessen, noch sich gegenüber Obrigkeiten opportuner Vergesslichkeit auszuliefern.

Gleiches Recht für alle?

Es wird zwar von Zwangsarbeitern auf dem Priwall berichtet, deren Anzahl sich auf einige Hundert belief, was aber wohl nicht ganz der Wahrheit entsprochen haben kann. Sie haben den Bau eines verteidigungsrelevanten Rüstungsbetriebes des Hitler Regimes ermöglicht – wie vielerorts an der Ostsee, wo unterirdische Bunker für Flugzeuge und U-Boote angelegt wurden.

„Kennen Sie das Kunstobjekt ‚Duckdalben‘ der Bildhauerin Sabine
Klubsch aus Münster?"

Herr Grotschy kennt es und sie nicht,
weiß aber, was Duckdalben sind. Österreicher sind unglaublich maritim, tragen jedoch – wenn es darauf ankommt
– lieber Tirolerhut statt Elbsegler oder
Prinz Heinrich.

„Es befindet sich Kohlenhof 4."

„Ausgerechnet!", entfährt es Herrn
Smaragd.

Ich kann ihm nur Recht geben. Herrn
Grotschy sowieso.

„Die Dalben sehen einerseits den mysteriösen Monumentalfiguren auf den Osterinseln ähnlich,", versuche ich die künstlerische Gruppe zu veranschaulichen, „andererseits Stabpuppen mit viel Durchblick auf die dahinter liegende Lichtung mit Unterholz. Ich habe sie fotografiert und erst später bei genauerer Betrachtung entdeckt, dass Nummernschildern im Dreißiger Bereich – 35-36 - auf Baumstümpfen festgenagelt in ihrer Nähe stehen. Ob das Absicht ist?

Herr Grotschy will das überprüfen, Herr Smaragd auch. Vielleicht sogar beide zusammen.

Ich gebe noch ein paar weitere Informationen, die sich auf die Installation beziehen. Sie ist als dreiteiliges Objekt angegeben, das von der Vereinigung für Kunst und Kultur zu Travemünde e.V. angeschafft wurde. Es sei eine besondere Herausforderung gewesen, heißt es, da Duckdalben ein kostbares Holz sind, was gewissermaßen richtig ist, andererseits viele Duckdalben im Wasser stehen, die nicht mehr gebraucht werden, weil sie zu morsch sind, um Schiffen Halt zu bieten.

Die Künstlerin und auch die Sponsorin sprechen von „Stelen". Der Beschreibung nach sind sie – wohl wegen der vermuteten Hinfälligkeit - teuer gestählt worden. Von der Besonderheit des Platzes, wo sie aufgestellt sind – keine Silbe. Auch nicht, wieso das dreiteilige Objekt nun aus vier Teilen besteht, wobei kein Unterschied erkennbar ist, welches sich dazu gesellt hat und vielleicht gar nicht aus der Hand von Sabine Klupsch und der Vereinigung für Kunst und Kultur zu Travemünde e.V.

stammt, aber auch nicht als überzählig erkannt und entfernt worden ist. Das macht es schwierig, sich für eine Abbildung zu entscheiden. Wer hat das Copyright woran?

Herr Grotschy macht sich eine Notiz. Herr Smaragd ebenso.

An anderer Stelle wird in Berichten über die Region Lübeck-Travemünde, zu der – rein geographisch - auch Timmendorfer Strand gehört, die mangelhafte Ernährung der Bevölkerung im Krieg geschildert. Es kann angenommen werden, dass die Zwangsarbeiter noch mangelhafter ernährt wurden und daran starben.

„Hat das etwas mit den Nummernschildern zu tun?"

Herr Smaragd knurrt.

Ich notiere: „Smaragd knurrt".

Herr Grotschy sagt dieses Mal „na", wie nur Wiener „na" sagen können und

alle im Ungewissen lassen, was danach kommt.

Wahrscheinlich ist, dass sich die Pro-
duktionsleitung der Rüstungsbetriebe
nach dem „natürlichen" Abgang von
Arbeitern neue aus den Konzentrati-
onslagern der Umgebung – fast ausschließlich Außenlager des Lagers
Neuengamme bei Hamburg - besorgte,
bis auch - die im wahrsten Sinne des
Wortes - aufgebraucht waren. Auf die
für das Deutsche Reich im Einsatz ver-
hungerten oder sonst bei der Fron zu
Tode Gekommenen gibt es keinen Hinweis in behördlichen Reiseführern.

Da, wo malocht wurde, sind inzwischen flächendeckend Großbaustellen. Auf dem Priwall wurden nach Vorbild der Hamburger Hafencity in der ersten Reihe zur Trave hin schicke Apartmenthäuser errichtet. Eine weitere Reihe architektonisch unauffälliger, aber teuer ausschauender Bauten, die beinahe im Wasser stehen, wird gerade davor gesetzt. Fußläufig erreichbar ist die Personenfähre zum Festland Travemünde und auch eine Straße, wo ein Linienbus nach Boltenhagen unweit von Bad Doberan und Schloss Klütz in Mecklenburg verkehrt, einer traditionellen Location für Familienfeste und

Konzerte des Schleswig-Holstein Musik Festivals.

Der neue Stadtteil ist attraktiv. Dort, wo alles sauber geharkt war und ist, begann der sogenannte Todesstreifen, der aus Zeiten des Kalten Krieges, heißt es. Er wird immer wieder betont, dass es nunmehr absolut ungefährlich ist, das Terrain zu betreten. Ganz Vorsichtige mögen aber doch der Meinung sein, das eine oder andere Minchen könnte immer noch dort lauern.

„Haben Sie, verehrter Herr Kollege, auch an die hohen Dünen – vermutlich Wanderdünen – gedacht? Ich habe

Karten gesehen und meine, Markierungen ausgemacht zu haben, die auf verwehte Pfade schließen lassen."

Ich notiere.

„Notieren Sie das", sagt Herr Smaragd, dem ich gerade jetzt noch mehr glaube, als sowieso.

„Was schätzen Sie, wie alt die Pfade sind?", fragt er Herrn Grotschy.

„Ich würde bei Ägypten anfangen. Dort waren selbst Tote Geheimnisträger, nachdem sie Ziegel geschleppt hatten. Gelbe. Für die Pyramiden."

Herr Smaragd nickt.

Letzteres steht nicht in Martin Kaules ungewöhnlichem historischen Reiseführer „Ostseeküste 1933 – 1945" (Ch. Links Verlag), in dem aber so manches aufgespürt werden kann, was in „all inclusive" Reiseführern nicht zu finden ist.

Die Weltgeschichte mit und ohne Ziegeleien vor dem Hintergrund der Mis-
sionsarbeit in Indien vor, während und
nach den Weltkriegen, die auch von
Lüneburgs St. Johannis ausging und
ausgeht: untergehende Kolonialreiche,
aufstrebende, junge Nationen in alten
und neuen Grenzen, Verbreitung neuer
und alter Ideologien.

Indische Freunde haben mir von Anfang der sechziger bis in die späten
achtziger Jahren Ersttagsbriefe der In-
dischen Post geschickt. Sie sind histo-
rische Dokumente und zeigen, wie sehr
der Subkontinent in der Tradition

Mahatma Gandhis stand, der nach wie vor im Westen Verehrung genießt und zahlreiche Jünger hat. Ihm wird die Urheberschaft an der internationalen Friedensbewegung nachgesagt.

Der Mahatma, die große Seele, war nicht nur Friedensaktivist, sondern hatte auch Sprüche wie Huldrych Zwingli drauf, die nicht gerne zitiert werden. Sie rufen dazu auf, sich keinesfalls willen- und wehrlos zu ergeben. Er wurde dennoch oder gerade deswegen zu einem der wichtigsten Einflussnehmer der Nachkriegs- und Postkolonialzeit.

Nicht nur Madame, sondern auch Monsieur wird
unter die Lupe genommen. Die Rede ist nicht nur
von Kühen und Rindern, sondern auch von Büf-
feln und Ochsen. Auf dem Bild: ein Hochland-
rind (Yak?).

Der indische Geheimdienst ist nach britischem
Muster aufgebaut.

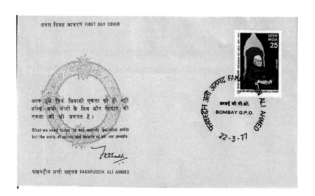

Übersetzung der Forderung von Indiens damaligem, muslimischen Präsidenten:

Was wir heutzutage brauchen, ist nicht ausschließlich politische Einheit, sondern die Übereinstimmung von Geist und Körper aller Völker in unserem Land.

Mahatma Gandhi forderte Freiheit, Gleichheit,
Brüderlichkeit.

Die katholische Kirche feiert ein Jubiläum

Nationales Kadettenkorps

Verteidigung der sogenannten „Territories"
(Grenzgebiete oder auch Sonderschutzzonen).

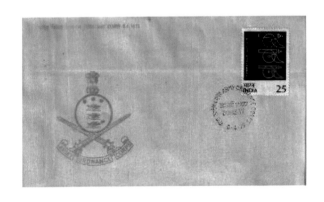

Armeeeinheiten

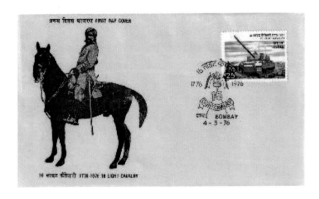

Verbeugung vor den Märtyrern des
Unabhängigkeitskrieges und
verblümte Warnung an Aggressoren.

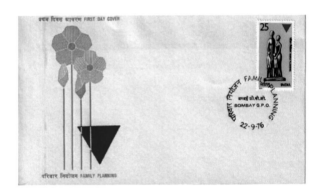

Das gleichschenkelige Dreieck als Symbol für Familienplanung (Empfängnisverhütung).

Heinrich der Löwe, der sich die letzte Instanz der Gerichtsbarkeit ohne Roland als Mediator vorbehalten hatte, wurde seiner Eroberungen einige glorreiche Jahrzehnte recht froh, konnte mit Fehdehandschuhen locker um sich werfen und rieb sich die Hände, wenn sie aufgenommen wurden. Lüneburg erlebte unter seiner Herrschaft und noch ein paar Jahrhunderte danach eine Phase des beinahe ungebremsten Wohlstandes. Es wurden Reichtümer angehäuft, die Metropolen wie Wien mit der bekannt wie nebenbei inszenierten und an internationalem Glanz kaum zu überbietender Großartigkeit zwar in einigem nachstehen, was aber bei den deutschen Fürsten nicht zu Minderwertigkeitskomplexen führte. Angestrebt wurde - wie so oft und jeder auf seine Weise - das absolutistische Byzanz. Erreicht hat es - unbeschadet - keiner.

Die - damals katholischen - Kirchen Lüneburgs schmückten prächtige Leuchter und Monstranzen, die Schatzkammern bargen so viel, dass es - anders als im Ratzeburger Dom - selbst abzüglich kriegsbedingter

Verluste immer noch genug zu bestaunen gibt. Das hat Gründe.

Man ging mit Bedacht vor. Bevor etwas drohte, auf Nimmerwiedersehen zu versinken oder versenkt zu werden, wurde es abgebaut. Auch Ratzeburg hielt es so, hatte aber kein so glückliches Händchen wie Lüneburg, das aus St. Lamberti fast alles bergen konnte und es einige Jahrhunderte später mit der Synagoge, ebenso hielt. Von der Synagoge ist allerdings nicht bekannt, dass sie – wie St. Lamberti - Schäden durch Einbrüche im Salzbergwerk hatte und sowieso dem Verfall anheim gefallen wäre, womit der Verlust der Kultgegenstände aus der Synagoge hätte erklärt werden können.

Die aus den rettungslos abgesenkten Bauwerken als gerettet bezeichneten Schätze wurden unter den verbleibenden Kirchen und anderen würdigen Institutionen aufgeteilt. Einen Teil davon bekam St. Johannis, ehemals Klosterkirche, eines Ordens, den es nicht mehr gibt, wie eine Informationstafel besagt. Ob – und wenn ja, wo – alles genau registriert wurde, bleibt trotz einem nicht zu verleugnenden Hang zu buchhalterischer Genauigkeit dahingestellt, da Beweise bisher nicht auffindbar sind.

Eine der damals profiliertesten Persönlichkeiten der jungen, prosperierenden Bundesrepublik Deutschland, dem Wirtschaftswunderland der Welt schlechthin, der Kieler Gerhard Stoltenberg, könnte mit geholfen haben, dass zumindest in bestimmten Dokumentationen die Grenzen zwischen West und Ost zugunsten von Westdeutschland verschoben wurden. Bad Doberan in Mecklenburg-Vorpommern und ehemaliges Schmuckstück des Großherzogtums Mecklenburg mit engen Beziehungen nach Schleswig-Holstein wird zwar nicht eindeutige Zugehörigkeit zu Westdeutschland bescheinigt, aber im Gesamtkontext so behandelt, als ob es sich zumindest um einen Interessen- und Einflussbereich handelt.

Kunsthistorische Exkursion oder Politikum?

Doberan war eine Benediktinerabtei, die aus historischer Sicht nur bedingt in die mit Abteien –allerdings anderer Ordenszugehörigkeiten – gut versorgte Gegend Norddeutschlands bis nach Hamburg harmonierte. Andererseits

hatte sich während der DDR Zeit auf
dem Münstergelände eine nicht unbedeutende Möbelfabrikation eingerichtet, die wohl in den Westen exportierte.

In der „Kunsttopographie Schleswig-
Holstein" hat auch Lübeck-Schlutup
mit ergiebigen Passagen Aufmerksamkeit gefunden, wonach die Kirche
von Schlutup - politisch auf der DDR-
Seite und vom Westen hermetisch ab-
geschottet - vor Kunstschätzen nur so
gestrotzt haben muss, wie es von St.
Nikolai in Mölln gesagt wird, die in
der „Kunsttopographie Schleswig-Holstein" ebenfalls aufgeführt ist und

durch einen auffallend große siebenar-
migen Leuchter im Altarraum besticht,
sowie einer Löwenkanne, die in nichts
dem Welfenlöwen gleicht, sondern
ähnlichen Gefäßen in anderen Materi-
alien aus dem Zweistromland. Der
Leuchter wiederum ist proportional viel
zu groß, um von Anfang an dort gestanden zu haben, wo er für die
„Kunsttopographie der Schleswig-Holstein" von 1969 fotographisch dokumentiert worden ist, was als Vorlage
für das Buch „Das Kreis Herzogtum-
Lauenburg-Buch" aus dem Jahre 1987
gedient haben mag.

„Ich muss das dringend einer Revision unterziehen", sagt Herr Grotschy.

„Und ob!" sagt Herr Smaragd. „Es wäre mir lieb, wenn sie mich davon in Kenntnis setzen würden, wo sie gedenken anzufangen. Eine Revision bietet sehr viele Möglichkeiten. Ich würde auf die Stellen hinter dem Komma achten."

Überraschend in der Herrlichkeit von St. Johannis Lüneburg ist der nachträglich umgestaltete, winkelige Eingangsbereich. Die Kacheln haben die Optik eines mediterranen Bodenbelags. Ein echter Hingucker, einfach paradiesisch. Die Skizze eines Musters, wie das Paradies bewerkstelligt werden kann, hängt nicht für jeden einsehbar hinter dem Tresen im Bookshop, zu dem der Besucher mit einem getrennten Eingang vom Vorraum umgeleitet wird, bevor er in Versuchung kommt, die Kirche geradewegs zu betreten, was eh nicht möglich ist. Auch der

Bookshop wird vom eigentlichen Kirchenraum durch einen winkeligen Zugang getrennt. Man kann die Größe des Gotteshauses nur erahnen. Die Bücher und Karten füttern an. Man muss nur noch 50 Cent löhnen. Freiwillig, aber nicht anonym. Das Schild mit der Bitte, kommt groß und eindringlich wie eine kaum zu umgehenden Aufforderung daher. Der Tronc ist im Blick des Aufsichtspersonals.

Als ich ankomme, wird der Schichtwechsel mit Übergabe der Kasse und Informationen vorbereitet.

Als ich gehe, ist der Schichtwechsel vollzogen.

Es wacht nunmehr, nach einem älteren Herrn, eine alte Dame, mit der ich schnell ins Gespräch komme. Sie hat einen stark osteuropäischen Akzent, den ich jenseits der politischen Oder-Neiße-Linie vermeine einordnen zu können.

Sie sei aus Siebenbürgen, lässt mich die alte Dame wissen. Weit über achtzig Jahre alt sei sie, steuere rüstig auf die neunzig zu.

Siebenbürgen gehört zu Rumänien.

„Schwäbin oder Sächsin?"

Sie zögert den Bruchteil einer Sekunde. Dann bekennt sie sich zu den Siebenbürgener Sachsen und erzählt von einem Landstrich zwischen dem rumänischen Kronstadt und Hermannsburg.

Ich horche auf.

Herr Grotschy und Herr Smaragd haben ebenfalls aufgehorcht, als ich erzähle, was ich in Lüneburgs St. Johannis erlebt habe.

Sie seien einst vom König ins Land gerufen worden, fährt die alte Dame fort. Sie hätten Burgen zur Befestigung gebaut und den Acker bestellt. Wie so oft bei Schicksal erprobten, alten Menschen, scheinen sich Tatsachen und Wunschdenken zu vermischen.

Die alte Dame spricht mit osteuropäischem Akzent und nicht, wie von älteren Aussiedlern bekannt, ein altmodisches Deutsch aus vorwilhelminischen Zeiten. Ihre Sprech- und Schreibweisen sind heute wertvoller denn je, um ununsere Sprachwurzeln mit allen Abzweigen rekonstruieren zu können.

Ob Herr Smaragd altmodisches Deutsch könne, wünscht Herr Grotschy zu wissen, was Herr Smaragd bejaht. Herr Grotschy könne es wahrscheinlich besser verstehen als ich.

Nun gut. Kann sein. Ehrlich gesagt, weiß ich es nicht. Ich werde keine Hör- und Sehprobe des offenbar recht umfangreichen, sprachlichen Vermögens von Herrn Smaragd und Herrn Grotschy verlangen.

„Ich habe die alte Dame nach dem Datum ihrer Ausreise gefragt. Und wissen Sie was?"

„Was denn?", fragt Herr Smaragd.

„Ist sie über Wien gekommen?", fragt Herr Grotschy.

„Die Antwort war so gut wie keine!", sage ich.

„So gut wie keine oder keine?" Das ist Herr Grotschy.

„Keine."

„Danke. Dann kann ich mir dazu einiges denken. Wir haben so unsere Erfahrungen."

Ehrlich gesagt, wollte ich etwas mehr über die Besonderheiten von St. Johannis erfahren, wenn ich schon mal hier in Lüneburg bin. Die hochbetagte Dame scheint eine Insiderin zu sein.

Ich hätte gerne zum einen herausgefunden, ob mich meine Sinne getäuscht haben und der Hochaltar wirklich nicht mehr an Ort und Stelle steht, zum anderen, ob der Altar mit dem Heiligen Georg in einer Seitenkapelle, wo wohl inzwischen die regulären Gottesdienste abgehalten werden, nicht ursprünglich viel größer war. Er ist ziemlich wackelig auf einen holzwurmgeschädigten Balken montiert, dessen brüchige Enden rechts und links überstehen, als handele es sich um eine Sänfte. Das Konstrukt ist nicht unüblich, wenn ein Heiligtum anlässlich von Feiertagen für Prozessionen ausgehoben wird.

Statt der von mir erwarteten Antworten, wurde auf die Amerikaner geschimpft. Ich mag das nicht.

„'Ich kenne nicht viele Amerikaner und auch Amerika nur flüchtig'", habe ich versucht, dem Gespräch auf diplomatiben. Irgendwie ist das nicht richtig übergekommen", sage ich.

Herr Grotschy wiegt den Kopf. Herr Smaragd streicht sich über die Stirn.

„Und?"

„Ein zweiter Versuch:

‚Ich habe mehr aus Büchern, Filmen und Erzählungen über Amerika gelernt als aus eigener Anschauung.'"

„Und?"

„Versuch gescheitert."

„Wer reagiert schon sofort auf Allgemeinplätze?", sagt Herr Smaragd.

„Ich hätte es mir aber gewünscht."

„Wie ich Sie einschätze, haben Sie es noch ein drittes Mal versucht." Auch das ist Herr Smaragd.

„Habe ich.

‚An den Niagarafällen war ich", habe ich gesagt.'"

Herr Smaragd prustet los.

„Also, bitt'schön", meldet sich nun auch Herr Grotschy zu Worte, der als Österreicher mit Diplomatie im Blut, wie kaum ein anderer Europäer, versteht, dass die Situation für mich als Deutsche äußerst unangenehm gewesen sein muss. „Das kenn' ich aus Wien. Immer, wenn man meint, die richtige Adresse angesteuert zu haben, stehen's vor den falschen Auslagen."

„Woher wissen Sie das?" fragt Herr Smaragd. „Ich würde nach etwas anderem schauen."

„Man muss schon reingehen", sage ich. Und an Herrn Smaragd gewandt: „Nach was würden Sie denn schauen, wenn Sie darauf aus wären, schauen zu wollen?"

„Nach Kelchen und Pokalen", sagt Herr Smaragd.

Herr Grotschys Augen verengen sich zu Schlitzen.

„Herr Kollege Smaragd, was Sie nicht sagen!" sagt er.

Damit hat er so ungefähr alle Kelche und Pokale erfasst, die in Tresoren, Museen oder Vitrinen stehen.

Ich hatte gerade an dem schönen Frühlingstag 2019 einen Raum der inneren Einkehr gesucht und nicht der Zwistigkeiten oder missionarischen Belehrungen. In Lüneburg, hatte ich gedacht, in Lüneburg würde ich ihn viel eher finden als in der lauten Metropole Hamburg.

Ich sagte zu der alten Dame aus Siebenbürgen, wir Deutschen hätten den Amerikanern viel zu verdanken. Wenn sie nicht das Heft rechtzeitig in die Hand genommen hätten, wäre, ehrlich gesagt, ihr, der Siebenbürgener Sächsin mit der Erfahrung im

Burgenbauen, wahrscheinlich auch nicht die Ausreise nach Deutschland geglückt.

„Russland wird nie besiegt werden", brach es aus ihr heraus, als ob ich gerade eine Kriegserklärung abgegeben hätte und sie in die Defensive gedrängt worden wäre. Dabei hatte ich sogar Eintritt bezahlt und bemühte mich gerade um den Erwerb von Publikationen, die sie mir verkaufte, als risse sie sie sich persönlich vom Herzen.

„Sie hätten fragen können, was sie für die Ausreise bezahlt hat und was sie hat mitnehmen dürfen", sagt Herr Smaragd.

„Ich wollte keinen Stunk und habe eingelenkt."

„Sie?" Herr Smaragd ist skeptisch.

„Ich habe geantwortet, dass ich mit ihr einer Meinung bin. Russland wird nie besiegt werden und ist es auch in der Vergangenheit nicht. Es ist auch nicht wünschenswert, dass es besiegt wird. Wünschens- und erstrebenswert ist ein Russland in Europa, das ein Garant für Frieden und Freiheit seiner Nachbarn ist, zu denen ich Deutschland zähle.'"

„Also, bittschön…"

Herr Smaragd guckt Herrn Grotschy forschend an. Er guckt immer forschend, aber bei Herrn Grotschys „Bittschön", verstärkt sich der Ausdruck. Ich setze meinen Bericht über die Begegnung mit der alten Dame fort, um Herrn Groschy von Herrn Smaragds forschendem Blick zu entlasten.

„Sie schluckte hart", sage ich. „Es wurde eine generelle Begründung nachgeschoben, warum Russland nie besiegt werden kann: die Größe und Weite des Landes, der Patriotismus, der wissenschaftliche Fortschritt…"

Herr Grotschy hebt die Augenbrauen.

Herr Smaragd sieht nach wissen-schaftlichem Fortschritt aus, ohne preiszugeben, wen er damit treffen möchte.

„Nicht nur Russland, auch Amerika sei groß und weit und weise wissen-schaftlichen Fortschritt, habe ich ent-gegnet", versuche ich zwischen Grot-schyschen Brauen und Smaragd-schem Fortschritt zu intervenieren.. Auch die Amerikaner seien Patrioten. Ich würde eher meinen fürchten zu müssen, dass den neuen Russen nicht mehr ganz der aufopferungswillige

Patriotismus ihrer Altvorderen zuge-
traut werden kann.

„Meinen Sie das wirklich?", fragt Herr
Grotschy.

Eigentlich hätte die alte Dame diese
Frage stellen müssen. Warum auch
immer - sie fragte nicht und ich hielt
mich mit Auskünften darüber zurück.

„Sie haben die Frage vom Kollegen
Grotschy noch nicht beantwortet." Herr
Smaragd macht das, was er am liebs-
ten tut: er führt Regie.

„Sie holte tief Luft", sage ich.

Herr Grotschy holt tief Luft. Herr Smaragd gibt sich einigermaßen gelangweilt, weswegen ich mich beeile, den Report abzuschließen.

„Sonst nichts – es kam noch eine weitere, nicht logisch begründete Tirade gegen Amerika."

„Na", sagt Herr Grotschy.

„Ach so", sagt Herr Smaragd. „Was sonst?"

„Ich habe der alten Dame gute Gesundheit gewünscht, die Broschüren und Bücher genommen und war im Begriff zu gehen."

„Dann ging's wohl noch mal richtig los", feixt Herr Smaragd, was von Hellsichtigkeit zeugt.

„Wie komme ich von hier zum Bahnhof?", habe ich noch gefragt.

„Immer geradeaus", hat sie geantwortet.

„Das habe ich mir gedacht", sagt Herr Grotschy.

„Ich auch", pflichtet Herr Smaragd bei.

Geradeaus ist Am Sande, das Bistro „Bodrum", die Shishabar „21" im Haus Nr. 31 und dazwischen ein Frisörsalon mit einer Erinnerung wie eine

Straßenmalerei, dass sich hier seit 1614 die v. Stern'sche Buchdruckerei befand, die es woanders noch immer gibt, besagt ein neuerer Prospekt der Touristeninformation Lüneburg."

„Und?" Das ist Herr Smaragd.

Ich: „Einen Moment, bitte."

„Bittschön", sagt Herr Grotschy.

„Ich habe den Bahnhof nicht gefunden. Sie hatte gesagt, ich müsse über zwei Brücken gehen. Danach habe ich mich erst mal erholen müssen."

„So schlimm war das?", lästert Herr Smaragd. „Und?"

In Lübeck-Travemünde erlebe ich den hohen Stellenwert von Damenfrisören in Altstadtvierteln. Ob es damit zu tun hat, dass Frauen in stark traditionsgebundenen Gemeinden bis weit ins letzte Jahrhundert hinein Kopfbedeckungen trugen?

„Den Frisör da gibt es nicht mehr", krächzt mich eine alte Frau mit gestriegeltem Hund an und zeigt auf ein altes Haus. In den Fenstern ist auf Zetteln zu lesen, dass es den Frisörladen nicht mehr gibt.

„Ich war gerade erst", gebe ich zur Antwort und will hoch erhobenen Hauptes gehen, was verhindert wird.

„Dahinten – das Tor neben dem Haus..."

„Welches?"

„Dahinten."

Ich sehe nicht, welches Tor sie meint.

„Wir gehen hin."

„Gut, wir gehen hin."

Sie tut die ersten Schritte, da weiß ich dass sie nicht „dahinten" sondern „gegenüber" meint.

„Ehrlich gesagt, können Sie es mir von hier aus erklären. Ich weiß jetzt, welches Tor Sie meinen."

Sie bleibt stehen.

„Das Tor ist so groß, weil es einem Beerdigungsunternehmer gehörte, der Leichenwagen mit Pferden hatte."

„Und was macht der heute."

„Der ist schon lange tot."

„Ehrlich?"

Ich rechne nach – die alte Frau war damals sieben Jahre, wie sie sagte – und meine, dass die Urenkel vielleicht den

Vertrag mit Gevatter Tod übernommen haben.

Haben sie nicht. Das Haus an der Torstraße sei verkauft, alle weg, sagt die Frau. Sie hat keinen ausgeprägt norddeutschen Akzent, könnte also Alt-Flüchtling mit angeeigneten und selbst erfundenen Informationen zur Kontaktaufnahme mit Herrn oder Frau Unbekannt sein.

Ob das sich als zeitgemäß anpreisende Bestattungsunternehmen in der an die Torstraße anschließende Kurgartenstraße mit dem Hotel „Deutscher Kaiser" vorne und „Sultan Döner" hinten auch die neuen Hauseigentümer mit dem großen Tor sind?

Einfache Ortswechsel – und seien es nur ein paar Meter - kreieren irritierende Assoziationen. „Torstraße" war genau richtig für ein Bestattungsinstitut, „Kurstraße" ist eine unstattbare Demotivation, ein Refrain auf das Lied von den Gezeiten des Lebens.

Die Lübecker Altstadt mit ihren doppelt und dreifach ineinander geschachtelten Höfen und bizarr angelegten Türen und Toren gemahnt an Schliemanns siebenschichtiges Troja. Keine der Straßen heißt Kurstraße.

Lübeck Obertrave

Altstadt mit Kurbadcharakter. Aus (mindestens) zwei (alten) Häusern sind mehrere gemacht und dann wieder in zwei geteilt zu einem vereint worden, wie die Hausnummer anzeigt.

Lübeck Obertrave

Dieselbe Straße wie auf S. 79, ein paar Häuser
weiter auf der anderen Straßenseite. Die Umbau-
ten und Anpassungen an Stilrichtungen sind
deutlich zu erkennen. Mal Tor, mal Tür, mal
Fenster, ein Haus weg, ein anderes hinzu, vereint
und doch getrennt.

Travemünde Altstadt: Schichtungen und Schachtelungen, wohin man blickt. Eine der intensivsten ist das Romantik Hotel „Lili Marleen" an der an Schachtelungen hinter schönen Giebeln reichen Torstraße.

Die alte Frau mit dem gestriegelten Hund hat eine etwas weniger alte Frau mit einem anderen gestriegelten Hund getroffen und steht nicht mehr zur Verfügung. Die Hunde mögen sich. Der Tag ist gerettet.

Was ist, wenn nicht?

Ob Klempner Lüders von gegenüber helfen könnte?

Ich hatte gemeint, zwischen zwei Häusern einen schmalen Durchgang gesehen zu haben, in dem im Hintergrund der Alte Leuchtturm von Travemünde zu sehen ist, als die Frau mit dem gestriegelten Hund Nr. 1 mich ankrächzte.

„Ist das dahinten rechts...

Sie hatte rechts geguckt.

„Ich meine auf der anderen Straßenseite schräg gegenüber."

Sie hatte auf die andere Straßenseite geguckt.

„Wo?"

„Mehr rechts - zwischen dem Haus mit dem Fachwerk, - sehen Sie? Da ist Der Alte Leuchtturm von Travemünde.“

„Welches mit Fachwerk?“

Unsere Kommunikation kam an einen kritischen Punkt. Es war später Vormittag. Der Hund musste Gassi gehen, wollte aber nicht recht, nachdem er den Kumpel getroffen hatte.

Ich zeigte mit der Hand, wo ich das Bild gemeint hatte gesehen zu haben.

„Das?“ Wieder dieser unwirsche Ton.

„Ja, das.“

„Das ist die Einfahrt von Lüders.“

„Ehrlich?"

Sie antwortete nicht.

„Und was macht Lüders?"

„Klempner."

Die Häuser dort drüben auf der Straßenseite von „Lili Marleen" stehen enger beieinander, als ich geschätzt hatte. Man kann zwischen dem Spalt kaum in das Innere gucken. Der Hintergrund stellt sich als unheimliches Dunkel dar. Von einem Bild des Alten Leuchtturms sind nicht einmal Umrisse zu erkennen.

„Interessant", sagt Herr Smaragd. Wahrscheinlich denkt er nicht so sehr an Laternen in Zusammenhang mit Lili Marleen, sondern an den sogenannten Hamburger Pfosten, eine Straßenbeleuchtung, die wie ein Galgen aussieht.

„Haben's in Lüneburg auch den Heine besucht?, fragt Herr Grotschy.

„Indirekt."

In Hamburg steht er, (Harry) Heinrich Heine, am Rathausplatz auf einem Sockel vor den Bushaltestellen des Hamburger Verkehrsverbundes (HVV) und der Touristendoppeldecker. Er könnte beinahe auf deren Oberdeck gucken, wenn er nicht gerade in Hamburg so sehr nachdenklich wäre.

(Harry) Heinrich, ein Titan der Schreibkunst war Gesellschaftskritiker, Freiheits- und Revolutionsdichter. Er kann in einem Atemzug genannt werden mit Jean Paul und Emile Zola, allesamt Revolutions- und Freiheitsdichter und Weltverbesserer. Es wäre noch zu prüfen, was aus seiner Feder bei Büttenreden, der Verleihung des Ordens wider den tierischen Ernst und auf Buttons urheberrechtlich ungeschützt zum Tragen gekommen oder als „Düsseldorfer Jux" in Umlauf gekommen ist.

Berlin nahe der Alten Wache

(Harry) Heinrich Heine auf Reisen

Berlin nahe der Alten Wache

(Harry) Heinrich Heine,
der Freiheitsdichter.

Er, der (Harry) Heinrich, versuchte in Hamburg zu leben und fuhr deshalb mehrmals zu Besuch nach Lüneburg. Seine Eltern wohnten dort einige Jahre in einem Patrizierhaus der angesehendsten und wohlhabendsten Familien Lüneburgs, die mit dem Salzabbau zu Vermögen gekommen waren. Es ist anzunehmen, dass sie sich keine Habenichtse ins Haus holten, sondern Geschäftspartner, wobei die mosaische Religionszugehörigkeit nicht allererste Priorität gehabt zu haben schien. Allerdings wird nicht ohne Genugtuung angemerkt, dass (Harry) Heinrich in

Lüneburg anfing, darüber nachzudenken, zum Christentum zu konvertieren, nachdem er mit einem St. Johannis Pastor diskutiert hatte. Das hört sich weltoffen an und war es in Maßen auch. Irgendwann hat der Dichter sich des Lästerns schuldig gemacht. Da hat der Pastor streng nach dem neuen Testament gehandelt „Du sollst nicht unter den Spöttern sitzen."

Es ist nicht überliefert, was (Harry) Heinrich in Lüneburg gespottet hat, dass der Herr Pastor ihm für längere Zeit die Freundschaft mit Diskussionen bei Kaffee und Kuchen kündigte und Heine es dann vorzog, nicht in Lüneburg zu konvertierten, sondern woanders. Schließlich kann man mit einigem Geschick beinahe überall Christ werden, wenn man will.

Das Patrizierhaus, wo (Harry) Heinrich Heines Eltern für einige Zeit zu Hause waren, liegt zur einen Seite an der Burmeisterstraße. Es ist eine sehr schmale Gasse, die wegen des sich wölbenden Altpflasters kaum begehbar ist. Eine Gedenktafel zur Erinnerung an die Familie Heine und die Eigentümer des Hauses ist an der Seite zur Burmeisterstraße angebracht. Heines wohnten demnach trotz ihres Vermögens zur Miete, was wohl Gründe gehabt haben mag, die mit ihrer Glaubenszugehörigkeit zusammengehangen haben könnten. Die ethisch-religiöse Aufklärung durch Friedrich den Großen unter späterer Beteiligung Königsberger Philosophen setzte erst nach und nach weiter greifende, politische Akzente. In Hamburg ging man damit zunächst lässig um, im benachbarten dänischen Altona eindeutiger.

Das von alten Glyzinienstämmen umrahmte Eingangsportal des Hauses zum Ochsenmarkt hin ist ein Fotomotiv par excellence und gibt den Hinweis, dass es sich bei dem Gebäude um das „Heinrich Haus" handelt, ohne die Familie Heine oder auch nur Sohn (Harry) Heinrich zu erwähnen.

Stattdessen wird die Nähe zum fameusen Welfen H.d.L. suggeriert.

Schräg gegenüber „An den Brodtbänken" gibt es aber eine Buchhandlung mit einem kuriosen Gildezeichen à la Eulenspiegel. Es ist eine goldene Eule, die ein aufgeblättertes Buch etwas unsachgemäß in den Fängen hält. Das hat (Harry) Heinrich nicht mehr erlebt. So blieb bei ihm in Erinnerung, Lüneburg sei sehr schön, aber langweilig. Er ist sogar noch deutlicher geworden. Ihm, der ständig von der Hand in den Mund lebte, weil zum einen die Eltern früh verstorben waren und sein vermögender Verleger Campe in Hamburg Harvestehuder – das ist dokumentiert – seine Autorenhonorare nicht zahlte, sondern damit spekulierte, den Autor aber nicht aus dem Vertrag entließ, weil der inzwischen einen Ruf wie Donnerhall hatte – ihm, dem (Harry) Heinrich Heine, muss energisch widersprochen werden.

Lüneburg ist nicht langweilig. Lüneburg ist langsam, ohne träge zu sein. Es ist liebenswert.

Fenster und Türen im Rathaus sind an diesem vorsommerlich sonnig warmen Tag 2019 weit geöffnet. In den Amtsstuben wird ernsthaft gearbeitet.

Ich trete vorsichtig näher und frage höflich, ob ich eine Auskunft haben könnte.

„Gerne. Um was geht es denn?"

Ein Seiteneingang interessiert mich besonders.

Seiteneingang?

Es ist die Tür zum Huldigungssaal. Das gewährt tiefen Einblick in die schwer zu durchschauende Wesensart des Lüneburgers. Das viel zitierte Understatement der Hamburger und

Bremer ist dagegen von Protz, Prunk und Vergnügungssucht geprägt.

War ich jemals während meiner früheren Lüneburgbesuche im Huldigungssaal?

Wo waren die Bänke mit den Töpfen unter den Ratsherrnsitzen? In der Bürgermeisterkörkammer – wer einmal gekört worden ist, hat das Brandzeichen weg und blieb normalerweise gekört - oder im Fürstensaal? Lüneburg war ein Fürstentum, nachdem Heinrich der Löwe sich für die Stadt stark gemacht hatte. Der heutige Museumsverein nennt sich nach wie vor traditionsbewusst „Museumsverein des Fürstentums Lüneburg", obwohl auch dort im Denken und Handeln schon längst die Gegenwart und Zukunft eingezogen ist.

Wo war die Ausstellung, die mein Mann und ich vor rund zwanzig Jahren im Lüneburger Rathaus auf Einladung von Botschafter a.D. Dmitrij D. Tscherkaschin, dem seinerzeitigen Generalkonsul der Russischen Föderation in Hamburg mit Amtsbereich Niedersachsen, Bremen und Schleswig-Holstein, besichtigten? Gezeigt wurden Werke neuerer russischer Künstler.

Mein Mann und ich machten nach der Vernissage noch einen Stadtbummel, der mir in der Retrospektive weniger anstrengend erscheint als ich ihn im März 2019 erlebe.

Das Café Bistro „Königsberg" gab es bereits, auch mit den Galionsfiguren davor und die Mode Boutique „Diamond Fashion" in einem alten Fachwerkhaus des Innenhofes an einer Seitenstraße von Am Sande ebenfalls. Diamanten und Fachwerk wie Holz und Kohle.

Anders als vor ungefähr zwanzig Jahren, als es nasskalt und grau war, aber genauso einsam ringsherum, entsteht an dem sonnigen, warmen Märznachmittag 2019 eine süß-melancholische Atmosphäre. Ein Glockengeläut lässt sich vernehmen.

Eine Inszenierung für Touristen?

Es gibt zwei Kirchen und eine Glockengasse in der Nähe. Schön klingt es, obwohl es nur ein Routinegeläut von ca. einer Minute ist. Eine einzelne Glocke. Mittlere Stimmlage.

Die Stadt Lüneburg an der Alten Salzstraße und der Straße der Deutschen Backsteingotik fährt auf Sicht und manchmal auch hinter der Sicht her. Nur so kann man es sich erklären, dass man hier andere Künste entwickelt hat, für die Zeit und Geld gebraucht wurden, ohne auf Latifundien oder sprudelnde Finanzquellen zurückgreifen zu können, während die alte Konkurrentin Lübeck nicht nur Backsteingotik und Rotspon hat, sondern auch mit Unterstützung der Familie der Grafen v. Rantzau den Sitz des Schleswig - Holstein Musik

Festivals, eine Musikhochschule, eine berühmte Violonistenschule - die Bron-Schule -, die Elbphilharmonie Lübecks und nicht TraPhilharmonie oder Wakenitzwunder, sondern „MuK" genannt, eine Medizinische Hochschule mit Hightech Geräten der neuesten Generation und mit Dräger einen Konzern, der mehr für die Sicherheit der Republik tut, als man es dem Firmengebäude von außen ansieht, was nicht ganz der durchaus selbstbewussten Art des Lübeckers an sich, aber wohl der Firmenphilosophie entspricht. Wofür es bei so viel Poesie und Komposition noch Marzipan bedarf - schwer zu sagen.

Aber es hat es nun mal - und das seit mehr als zweihundert Jahren - das aus dem Orient stammende Marzipan und vermarktet es weltweit mit der Lübecker Skyline.

Wo wohl die Zentner von erste Klasse Mandeln und der eine Tropfen Bittermandelöl vom seltenen Bittermandelbaum und nicht als chemische Mixtur herkamen und herkommen?

Die Hansestadt an der Trave mit dem Thomas Mann Flair und Konsul Buddenbrook Image scherte sich denn auch nicht die Bohne um Lüneburgs verletzten Heidjerstolz darüber, dass die

Bardowicker Händler und Kaufleute, nachdem ihre Stadt durch Heinrich den Löwen geschleift worden war, Richtung Lübeck flüchteten und dort weiter in Bardowicker Manier Handel und Wandel trieben.

Inzwischen sind erste Ansätze von einer Lüneburger Marzipanproduktion zu sehen. Oder sollten die Hochzeitstorten mit Lüneburger Motiven – passend zur Telenovela „Rote Rosen" – aus der Lübecker Werkstatt kommen und den Beweis dafür antreten, dass selbst Jahrhunderte alte Streitigkeiten beigelegt werden können, wenn etwas gefunden wird, das den Geschmacksknospen beider Kontrahenten entspricht, ohne es zu einem neuen Streit darüber kommen zu lassen, warum die Schlichtung überhaupt nötig war und ob die Zutaten den Prinzipien entsprechen?

Muss Marzipan politisch korrekt sein?

Ja.

Auch der aus Biskuitteig gebackene, mit Vanillepudding gefüllte und mit schwarzer Couverture überzogene, einstige „Mohrenkopf" ist inzwischen politisch korrekt. Er heißt bei „Niederegger" nach dem Gouverneur afrikanischer Herkunft des damals unter venezianischer Dogenherrschaft stehenden Malta „Othello". Man hätte ihn etwas unprätentiöser „Exzellenz" nennen können, ohne dass seine Frau Desdemona eine Marzipanwaffel geworden wäre. Und das alles, obwohl nicht Ratzeburg mit seinem Mohren, sondern Mölln eine Zeitlang unter Lübischem Recht stand, weil Ratzeburg es dorthin verpfändet hatte.

„Sehen"s", sagt Herr Grotschy.

„Also doch!", ergänzt Herr Smaragd.

Noch gibt es kein Lüneburger Marzipan mit Lüneburger Wahrzeichen wie den Lunabrunnen, der in Lüneburgs Mitte steht und eine weitere von etlichen Besonderheiten Lüneburgs offenbart, die einmal mehr darauf schließen lässt, dass der Kontakt zum Orient stark ausgeprägt war:

Wahrscheinlich kamen Rubine und Türkise, Karneole – vielleicht sogar grüne - für Siegel, Perlen und Mondsteine aus Persien, Afghanistan, Indien und Sri Lanka, der sagenumwobenen Edelsteininsel Ceylon, in allen Farbschattierungen   nach Lüneburg und wurden zu kostbarem Schmuck oder schmückendem Beiwerk verarbeitet. Zu sehen ist davon heutzutage kaum etwas. Auch in den Hochglanzbroschüren, die Lüneburg als Hochzeitsstadt anpreisen, sind keine Angebote mit echten Mondsteinen zu finden, dafür Hochzeitslocations in Aktenordnerstärke. Eine davon ist die alte Wassermühle. Die Stadt Lüneburg mit Herz für Eulen hat dort einen Fahrstuhl einbauen lassen, damit der Brautmutter der Abschied nicht noch schwerer gemacht wird. Die alte Wassermühle hatte ihn erlebt. Sie hatte lange weiter klappern müssen, ohne dass noch Getreide gemahlen wurde. Ihre Größe lässt darauf schließen, dass nicht nur Salz die Stadt reich machte, sondern ebenso Korn. Ein Müller, von denen nicht wenige – wie auf alten Grabsteinen am Rande des Friedhofs von Mecklenburgs Lambertshagen, einem Ableger des Münsters in Bad Doberan ersichtlich – aus Holland kamen, hatte wohl genauso viel zu melden wie die Inhaber der Rechte für den Abbau von Salzstöcken.

Ob die angestammten Familienrechte auch für die Unterbringung von Atommüll gelten?

Lüneburg

Altstadt mit mediterranem Flair.

Das Unrecht an dem Handelsplatz Bardowick wird jetzt, nach einigen Jahrhunderten, versucht wiedergutzumachen. Bardowick ist in Lüneburg eingemeindet worden, erhält hübsche Neubausiedlungen, die Schrebergärten eigentlich überflüssig machen und wird regelmäßig von einer Buslinie bedient. Bardowick wäre sonst ein vergessener Ort mit einem großen Bauwerk und Anbindung an Hamburg über Lüneburg. So wächst langsam wieder zusammen, was mal zusammengehörte, bevor der Welfe frech geworden. Simserimserimsimsim.

Gunnar Uldall, der inzwischen ver-
storbene Wirtschaftssenator der Freien
und Hansestadt Hamburg, hatte eine
Initiative gegründet, die Hanse auf der
ursprünglichen, internationalen Basis
inklusive den Hansestädten im Osten
von Polen über das Baltikum bis Russland, neu zu beleben.

In Wedel, das keine Hansestadt ist und
noch nicht einmal an der Alten Salzstraße liegt, aber einen Roland, einen
Ochsenmarkt und ein altes Kirchlein
hat, gibt es ein großes Zollamt wie
einst in Lüneburg mit vielen bedeutenden Kirchen und einem Ochsenmarkt,

aber keinen Dom, den Hamburg außer fünf Hauptkirchen sein eigen nennt, obwohl es auch nicht an der Alten Salzstraße liegt und keinen Roland, aber einen Freibrief von Kaiser Barbarossa vorweist, dessen Echtheit angezweifelt wird, stark entlastet.

Die etwas dürftig belegte Echtheit des kaiserlichen Freibriefes, wie Hamburgs ungekrönter König des politischen Kabaretts Eberhard Möbius aus der alten Hansestadt Werningerode im Harz, ehemaliger Eigner vom Theaterschiff in Hamburg an der Holzbrücke, über viele Jahre kundtat, hat nie am hanseatischen Selbstverständnis der Hamburger gerüttelt.

„Möbi" hatte einen ganz eigenen Dom im Programm seines Repertoires für Sparkassenangestellte und Mitarbeiter der Baugenossenschaften.

Sein „Dom" war eine der vom Pariser Centre Pompidou nachempfundene Glaspyramide über der Eingangshalle der Hauptstelle der Hamburger Sparkasse am Adolphsplatz. Er ist benannt nach Adolph IV., Graf von Schaumburg (Schauenburg) und Wohltäter Hamburgs, der später – wie v. Rumohr

zu berichten weiß - uneigennützig-
Mönch wurde.

Adolph III. von Schaumburg (Schauenburg) war der Wohltäter in Holstein
gewesen. Er begnügte sich mit der Re-
gelung von kirchlichen Hierarchien,
ohne selber die Kutte anzuziehen.

„Möbi" zweckentfremdete die Sparkas-
sen Pyramide auf Kabarettistenart. Er
benannte sie nach einem der früheren
Vorstandsvorsitzenden der Hamburger
Sparkasse „Mählmanns Kathedrale".

Lüneburg hat ein eigenes Theaterschiff, wie auch Lübeck, aber Wedel hat
- ohne Theaterschiff - den größten
Yachthafen vor den Toren Hamburgs
einerseits und der Elbmündung andererseits.

Hinter Travemünde, ebenfalls ohne eigenes Theaterschiff, zwischen „Nord-
front" – ein Firmenname oder eine Mar-
kierung? - und Timmendorfer Strand
ist ein Boots- und Yachtendistrikt, der
nicht nur Liegeplätze bietet, sondern
auch Hausbooten. Über beinahe unüber-
sichtlich viele Quadratkilometer, die
durch Seitenarme der Trave, der

Wakenitz und Kanäle wie deren Kanäl-lchen verbunden sind, erstrecken sich weit über die ehemalige innerdeutsche Grenze bei Schlutup bis tief nach Lübeck hinein malerische Klongs wie in Südost- und Ostasien, sogar eine Tempelanlage oder orientalische Stätte des Totengedenkens. Es ist nicht das einzige Geheimnis. Fotografieren – auch von Ferne und ohne Teleskop - wird an bestimmten Stellen durch elektronische Sperren unterbunden.

Die innerdeutsche Grenze gibt es nicht mehr. Ganz Vorsichtige mögen dennoch meinen, hier und da könnten noch das eine oder andere Minchen an den Strand gespült werden.

„Möbi", Freund vom verstorbenen Alt-bundeskanzler Helmut Schmidt mit Feriendomizil in Schleswig-Holstein, unser „Möbi", hat weder Lüneburg noch Wedel einer kabarettistischen Erwähnung gewürdigt und Schlutup schien damals gefühlt weiter entfernt als Memel, wo man sowieso nicht hin konnte.

Ich höre noch, wie das Autoradio damals verkündete: „Grenzübergang… fünf Stunden Wartezeit, Grenzübergang… sechs Stunden Wartenzeit, Grenzübergang… Gudow wird heute geschlossen, Grenzübergang Schlutup zwei Stunden Wartezeit."

Der Grenzübergang Schlutup schien demnach die humanste Abfertigung zu haben.

Nach einer weiteren halben Stunde: „Rechnen Sie jetzt am Grenzübergang Schlutup mit bis zu vier Stunden Wartezeit."

Und jetzt im Schlutuper Hafen ein Schiff aus Memel. Geladen hat es Baustoffe.

Memel war mal die äußerste Grenze des Deutschen Reiches. Die Strophe unserer Nationalhymne von Hoffmann von

Fallersleben, nach den Noten vom (ös-
terreichischen) Burgenländer Joseph
Haydn für sein „Kaiserquartett", darf
nicht mehr gesungen werden. Zwei
Strophen enthalten Hinweise auf die
ehemaligen Grenzen Deutschlands.

Es hätte nicht einer Verordnung be-
durft, die Deutsche Nationalhymne
nach Ende des Zweiten Weltkrieges
mit allen Folgen auf eine, die am neu-
tralsten klingende Strophe, zu begren-
zen. Diskutiert wurde aber immer mal
wieder über den Sinn dieser Rumpf-
hymne, auch nach der häufig als

„Wende" bezeichneten Wiedervereinigung, die eine Möglichkeit geboten hätte, sich einem neuen musikalischen Symbol zu nähern und in Anbetracht von Millionen Neubürgern aus aller Herren Ländern und aller Religionen, die offenbar ein Problem damit haben, sich über unsere Nationalhymne mit ihrer Wunschheimat zu identifizieren.

Die Kirche von Schlutup sehe ich von Ferne. Es wird ausdrücklich auf sie hingewiesen. Sie scheint eine karge Mischung aus alt und neu. Ich kann mir kaum vorstellen, dass sie jetzt im Frühjahr 2019 unverändert gepackt voll mit Kunstschätzen ist, wie in der „Kunsttopograhie Schleswig-Holstein" beschrieben und abgebildet.

Ein Rätsel?

Ich sitze an Deck eines Ausflugschiffes mit Heimathafen Travemünde, am Bug der Doppeladler aus Städtebund-zeiten und bestelle ein Alsterwasser.

„Rot oder Weiß?"

„Weiß bitte." Es handelt sich um die Wahl der Brause. „Rot" ist mit Himbeeraroma, „Weiß" ohne.

Die freundliche Stewardess schreibt die Bestellung auf. Das Alsterwasser kommt mit lebendiger Orchideenblüte.

Im Hintergrund noch die alten und neuen Kaianlagen von Schlutup mit einem ausgebombten Rüstungsbetrieb aus der NS-Zeit, der bis vor kurzem eine Disko war und andere Ruinen. Dann Badebuchten und Wälder, die nicht nur in Norwegen ewig singen. Ein paar kleine, leere Boote dümpeln hier und da im flachen Wasser nahe

dem Strand und zerren an ihren zer-
faserten Leinen.

Gerade war wieder der Spruch vom Todesstreifen gekommen, der keiner
mehr ist.

Links Mecklenburg, rechts Schleswig-Holstein. Auf der Rückfahrt wird
Mecklenburg rechts liegen und Schleswig-Holstein links.

Festmachen tun wir in Lübeck am
Hansakai, gleich gegenüber dem Internationalen Hansemuseum einerseits
und einem Internationalen Flohmarkt
in alten Schuppen – es steht auf

Deutsch und Russisch geschrieben - andererseits.

Von Ferne grüßen die Lübecker Hauptkirchen und der Dom, aus der Nähe die
„Adele" am Getreidesilo, ausgeflaggt
nach Zypern.

„Was ich noch sagen wollte…"

Herr Smaragd stöhnt.

„Die alte Dame…"

„Kennen Sie das?"

„Was?"

„Als die Römer frech geworden. Simse-
rimsimsimsim."

„Wir hatten's einen anderen Refrain",
sagt Herr Grotschy und macht sich
eine Notiz.

Bitte umblättern

Weitere Bücher von
Irene Pietsch

Der vierte Alliierte

„Der vierte Alliierte" beschreibt den abenteuerlichen Weg des Buches „Heikle Freundschaften - Mit den Putins Russland erleben". Es war als Brückenbauer zwischen Ost und West gedacht und wurde zum Agenten-thriller.

Mandamos Verlag 2018

Schosch 1

Eine Reinzeichnung von Hamburgs Klein New York: Love & Crime, Kultur & Subkultur.

Mandamos Verlag Hamburg 2019

Schosch 2

Von Oper bis Pop - ein Krimi nach dem anderen, ein Kriminalist mitten drin und viel Spaß obendrauf.

Mandamos Verlag Hamburg 2019

Jabo Clic

...ist als klassische Komödie angelegt. Sie bewegt sich in Geschichtsbildern diesseits von Dichtung und Wahrheit. Der Blick auf das Jenseits geht dabei nicht verloren.

Mandamos Verlag Hamburg 2016

Jabo Noi

Geschichten mit Skandalen aus Hamburg - Rotherbaum, recherchiert und erzählt von Herrn Grotschy.

Mandamos Verlag Hamburg 2017

Jabo Port

Eine Traumhochzeit im Stephansdom zu Wien, an der tout le monde teilnimmt und keiner etwas davon wissen darf.

Die Herren Grotschy und Smaragd ermitteln.

Mandamos Verlag Hamburg 2018

DoKa

Landarzt mit Zukunft, Russlands Beitrag zur
Kultur Europas in Modest P. Mussorgskys „Bil-
der einer Ausstellung", ist außerdem Dramaturg
des großen Rätselratens um Nachspielzeiten in
seiner bewegten Familiengeschichte, die er versucht, mit Mussorgskys Hilfe aufzudecken.

Mandamos Verlag Hamburg 2016

Der kleine Mecklenburger

Ordinarius Villanova und Ordinarius Veccius
machen sich auf den Weg, um den östlichen
Nachbarn kennen zu lernen und erleben ein Kon-
zert aus großem Theater, Oper und Kabarett.

Mandamos Verlag Hamburg 2016

Gestatten, mein Name ist Urbs

Urbs ist Gesandter in geheimem Auftrag einflussreicher Persönlichkeiten, um Lebensgewohnheiten vor Ort zu untersuchen. Dabei stößt er auf einen verdächtigen Handel mit Innovationen.

Mandamos Verlag Hamburg 2016

Kraxensjerna

Wenn „Unser Ackergold Deutschland" keinen Nikolausball in Dülmen veranstalten würde, bei dem der Indianerhäuptling Chief Bill Big Knot mit Kraxensjerna und einem Kaplan die Weltgeschichte neu entdeckt, wäre nie jemand darauf gekommen, dass in Großsteinwalden ein Tresor steht, der wertvolle Geheimnisse birgt.

Mandamos Verlag Hamburg 2018